ひとり遊びぞ我はまされる

SABURO KAWAMOTO
川本三郎

平凡社

ひとり遊びぞ　我はまされる

まえがき

二〇二二年七月に七十八歳になった。

古稀をとうに過ぎている。昨年は喜寿を迎えた。二〇〇八年に家内を癌で亡くし、以後、ずっと一人暮しを続けている。

正直、この年齢での一人暮しは大変で、食事、掃除、洗濯など日常の仕事が充分に果せない。油断していると家のなかは乱雑になり足の踏み場もなくなってしまう。

体調もいいとはいえず、いろいろな病院の診察券がたまってきている。ホームドクターからは血圧と腎臓に気をつけるようにいわれている。

そんな暮しでも、なんとか無事で仕事を続けていられるのは、好きなことだけをしているためかもしれない。

映画を見る、本を読む、音楽を聴く、町を歩く、ローカル線の旅に出る。フリーの文筆業は、時間がほとんど自由だから、自分のペースで仕事が出来る。もう何年も、よほどのことがない限り、目覚し時計を使ったことがない。目が覚めた時が一日の始まり。こんな気楽なことはない。

世の多くの人が働いている平日に、思いたって気ままな旅に出ることが出来るのも自由業の特権だと思う。

それに、年を取ると「もう年齢ですから」と不義理が出来るのも有難い。面倒な仕事や人づきあいは、「もう年齢」で断わる。もともと友人が多いほうではないが、いまではもう好きな人間としか付き合わなくなっているので人間関係のストレスもない。

「Mr．ホームズ　名探偵最後の事件」という映画で、イアン・マッケラン演じる九十三歳のシャーロック・ホームズは「孤独は知識で穴埋めする」と言っていたが、私の場合は、「孤独はひとり遊びで穴埋めする」といえようか。映画も本も音楽も、そして旅も、すべて楽しいひとり遊びである。

例えば、新宿駅から甲州や信州に向かう平日の列車に乗る。駅弁と缶ビールと本を持ち込んで、椅子に坐る。平日だから車内は空いている。列車が走り出して、缶ビールをあけて、本を開く。この時の楽しさ！　この一瞬のために仕事をしているとさえいえる。

鉄道の列車は、ひとり遊びの最高の遊び場所である。自分が作った造語に「近鉄《ちかてつ》」がある。東京の家に近いローカル線に乗りに行くこと。「乗り鉄」の一種。ひと仕事終ったあと、今日は、中央本線に乗るか、八高線に乗るか、身延《みのぶ》線に乗るか、あるいは少し足を延ばして水郡《すいぐん》線に乗るか。いずれもわが家から日帰りが可能。「近鉄」の旅である。どの鉄道に乗るか考えているだけで楽しい。

そしてローカル線の、はじめて降りる駅の近くで見つけた食堂で飲むビールのおいしさ。

最近、歌人吉井勇のこんな歌を知った。

　年ひとつ加ふることもたのしみとして
　しづかなる老《おい》に入らまし
世の中の迷惑にならぬようひとり遊びしながら「しづかなる老」に入りたい。

ひとり遊びぞ我はまされる　目次

鉄道三昧の台湾旅。

六月（二〇一八年）はじめ、五泊六日で台湾に行った。親しい編集者たちとの台湾旅行はこのところ毎年の恒例になってきている。台湾の翻訳家、エリーさん（黄碧君《フォンビジュイン》）が同行してくれる。

今回、鉄道に乗るのを楽しみにしていた。

まず乗ったのは、高雄の新しい交通システム、次世代型路面電車（Light Rail Transit／LRT）。まだ一部が開通しただけだが、市街地を一周する予定という。高雄には地下鉄（MRT）もあるから、いずれ車だけに頼らない都市になるだろう。

ホテルから歩いて十分ほどのところに、このLRTの真愛碼頭《ジエンアイマートウ》駅がある。市内を流れる愛河《アイホー》が港に流れ出る河口に作られている。線路は川を渡るので、この駅のみ高架駅。まだ新しい。

ホームから高雄の市街が見渡せる。愛河沿いに植えられた鳳凰木が、南国らしい鮮やかな赤い花を咲かせている。

電車は五両。静かに走る。東京のゆりかもめを思わせる。やがて高架から下って、湾岸の倉庫街を走る。専用軌道。

湾岸は再開発され、倉庫街は芸術特区になっている。函館の倉庫街を思わせる。電車は十五分ほどで現在のところの終点、哈瑪星《ハマシン》駅に着く。駅周辺は日本統治時代、港町として栄えたところ。旧高雄港駅があった。木造駅舎がいまも残る。高雄は軍港でもあったから、第二次世界大戦末期には米軍の空襲を受けた。それだけに昔の駅舎が残っているのは貴重。

哈瑪星駅から少し歩いたところに、倉庫を改造した哈瑪星台湾鉄道館がある。観光施設だからとあまり期待しないで入ったのだが、奥にあった鉄道ジオラマは精巧で素晴らしかった。いままで見たなかでいちばん。

高雄だけではなく、台北、台南など台湾の主な駅がジオラマになっている。四年前に行った、苗栗《ミヤオリー》にある龍騰断橋も作られている。台北の町には、二〇一五年に翻訳出版され話題になった、呉明益の小説『歩道橋の魔術師』（天野健太郎訳、白水社）の舞台、いまはない中華商場《しょうじょう》も再現されている。

実にみごとなジオラマで、天空から台湾を眺めているよう。台湾の人が鉄道を大事にし、誇りに思っていることが伝わってくる。日本の九州とほぼ同じ面積の小さな国では、鉄道の果たす役割はこれから増々、大きくなるのではないか。

高雄に二泊したあと、北上して台湾中西部の彰化《ヂヤンホア》に行く。在来線で二時間ほど。車中で、高雄で買った駅弁を開く。台湾は駅弁も充実している。車窓からは随所に、黄色い花が大きな房になって咲いている木が見える。エリーさんによれば、阿勃勒《アボラ》というそうだ。

彰化は高雄よりずっと小さいが、清代から商業地として栄えた古い町で、路地が多く、歩いて楽しい。一、二時間がすぐたってしまう。

小さな鉄道模型の店がある。店内に模型の線路が作られていて、会員になると、自分の模型を持ってきて走らせることができる。台湾には鉄道好きが多い。

彰化は、鉄道の要衝、鉄道の町として発達してきた。駅から歩いて十分くらいのところに、駅に接する形で扇形車庫がある。日本統治時代に作られたもので、現在も使われている。

現役なのに、自由になかに入って見ることができる。中央の転車台を囲むように扇形車庫がある。日本の小樽にある総合博物館や、岡山県にある津山まなびの鉄道館に保存されている扇形車庫より大きい。現役というのもすごい。

日曜日なので見学者が多い。若い女性たちが扇形車庫の前で写真を撮っている。台湾の女性たちは、写真を撮るとき、必ず、物語のヒロインになったように、さまざまなポーズを取るのが可愛い。

日本の扇形車庫といえば、大分県久大本線豊後森駅の、いまは廃墟となったものが知られる。森田芳光監督の遺作となった『僕達急行 A列車で行こう』(二〇一二年)に登場したことで広く知られるようになった。コスプレの女性たちの撮影スポットとして人気になっている。

彰化の扇形車庫も若い女性たちがポーズを決める人気スポットになっているようだ。

この町には「彰化三宝」と呼ばれる名物料理がある。「猫《マオ》(猫)鼠麵《シューミエン》」「爌肉飯《クアンローハン》」、それに「肉《バー》圓《ワン》」。この三つに挑戦した。

「猫鼠麵」は名前に驚く。台北の人たちが知らなかったから、彰化ローカルのものだろう。店は一九二一年創業の老舗。初代の主人が、小柄でよく働くので「鼠小僧」と愛称で呼ばれていた。それに「猫」がついた。無論、猫や鼠を食べるわけではない。少し細い麺に、好みで肉や野菜を載せて食べる。海鮮の出汁《だし》が特色。

「爌肉飯」は、ご飯の上に煮込んだ豚肉の角煮が載っている。これはごく普通の味。問題は三つ目の「肉圓」。味つけした肉とシイタケを、サツマイモのでんぷんで包み、油で揚げ、甘いソースをかける。申し訳ないが、見た目もおいしそうではないし、味もいまひとつ。同行者たちも、これは苦手と正直。

台湾の六月はもう夏といっていい。だからだろう、彰化では店は開くのが遅く、かわりに夜、遅くまで開いている。町は九時、十時でもにぎやか。泊まったホテルには映画館が併設されていて、ハリウッド映画を上映しているが、最終回はなんと夜中の十二時から。南国は完全に夜型社会になっている。

彰化で一泊し、翌日、彰化から台北に戻る途中、ローカル線の集集線《ジージー》に乗ることにする。一九九二年の一月に亡妻と台湾旅行したときに乗った思い出の鉄道。

嘉義と彰化のあいだの二水《アーシユイ》駅から山間の車埕《チヤーチエン》駅まで約三〇キロ。一時間強。車埕駅の奥に入ったところに、観光名所の日月潭《リーユエタン》がある。家内とはここに行くために、集集線に乗った。

日本統治時代、大正十年（一九二一）にダム建設のために作られた鉄道で、台湾の代表的な河川、濁水渓《チュオショイシー》に沿って走る。車窓からはバナナや檳榔樹、ドラゴンフルーツの畑が見える。鉄道に沿うように楠の並木道《トンネル》が続いている。

二〇一四年に公開された日台合作映画、萩生田宏治監督の『南風《なんぷう》』には、この緑のトンネルと集集線が出てきた。台湾に取材に来た日本の編集者役の黒川芽以が自転車でこの道を走り、集集線に乗った台湾で親しくなった女の子役のテレサ・チーを追いかけた。

沿線は、一九九九年九月二十一日に起きた地震の被害を受けた。そのときに傾いた鉄塔がそのままに残されている。地震を忘れないためだろう。

集集線の名は、途中にある集集の町から取られている。沿線の主要町。集集駅で途中下車してこの町を歩いたが、彰化よりさらに小さな町で、個人商店が並ぶ町並みがどこか懐かしく、ほっとする。駅舎は地震で壊れたが、現在、元の姿に修復されている。これが日本のローカル鉄道のような木造駅舎で、日本の田舎町にいる気分になる。

暑いので、駅近くの氷水屋に入った。壁いっぱいに訪れた客の名前が記されていて、それがアートのように見える。台湾を旅しているな、と強く思うのは、こういう小さな町を歩くとき。

集集線では、一人旅している日本人の初老の男性に会った。リタイアしているらしい。台湾が好きで年に四、五回は来るという。それでも本人は「少ないほうだ」と。十年若かったら自分も台湾鉄道一人旅をするのだが。

本連載をまとめた、二〇一三年に平凡社から出版した拙著『そして、人生はつづく』が台湾で翻訳された。訳者は二〇一一年に『マイ・バック・ページ』を訳してくれた頼明珠《らいめいしゅ》さん。出版社は、これまで拙著を三冊出してくれている、台北の新経典文化。四冊目になる。実に有難い。

台北で社長の葉美瑤《イエメイヤオ》さん、編集者の梁心愉さん、陳柏昌《チンバイチャン》さんと再会する。相変わらず、こちらが言葉を喋れないのが情けない。梁さんなど四年前に会ったときに比べ数段、日本語がうまくなっているというのに。

新経典の人たちの紹介で、作家の陳雨航さん（六十九歳）と古本屋主人の傅《フ》月庵さん（五十八歳）に会うことができた。傅さんは「東京人」の愛読者で、この日は一九九六年三月号の「古本特集」号を持参。うれしくなる。傅さんのお姉さんは永井荷風の翻訳者で、二〇一七年の「東京人」十二月号「永井荷風特集」にインタビューが載っている。

陳さんは以前、文芸誌の編集長をしていた。また若い頃は、新聞社の映画記者をしていたそうで映画に詳しい。日本映画だけでなく、アメリカ映画の題名が次々に挙がる。

サム・ペキンパーの『ワイルドバンチ』（一九六九年）が好きというので思わず握手。ウィリアム・ホールデンの役名パイクまで知っている。

もっと驚いたのは、わが前田通子が好きだということ。昭和三十年代はじめに活躍した新東宝のグラマー女優。人気絶頂のとき、会社の商業主義に抵抗したため、社を追われ、映画に出演できなくなった。そのあと、台湾に行き、映画に出演した。当時、前田通子の名は台湾でも広く知られていたという。

陳さんは前田通子のファンで、自分の小説『小鎮生活指南』のなかに、「浅田通子」という名で「日本當紅的性感女星」を登場させているほど。以前、前田通子にインタビューしたことがある人間としては、これにはうれしく驚いた。

台北で、李明璁《りめいそう》先生に再会できたのもうれしいことだった。この六月に李先生は台湾大学を辞めることになった。学生たちに慕われている先生だったのに。詳しい事情はわからないが、アカデミズムが優秀な先生にかえって冷たいのはいずこも同じだろう。

一年ぶりに会う李先生は、チェ・ゲバラのTシャツを着て元気。これからは自分の好きな仕事をフリーで続けてゆくと、夢を語ってくれる。

思わず、「自由になったことはいいことです」とエールを送る。

社会学者の李先生は、台湾のどこの町にもある市場をこれからの研究テーマにしたいという。前途を祝したい。

（「東京人」二〇一八年八月号）

ガスタンクと鉄道のある風景。

府中市美術館に「長谷川利行展」を見にゆく。二〇〇〇年に東京ステーションギャラリーで開かれた長谷川利行展以来になる。

長谷川利行（一八九一〜一九四〇）は師を持たず、画壇に属さず、山谷ドヤ街や新宿旭町の木賃宿などを転々としながら関東大震災後、急速に発展してゆく東京の都市風景を描き続けた。最後は三河島の路上で倒れ、東京市立板橋養育院で亡くなった。

東京ステーションギャラリーでの長谷川利行展には「下町の哀歓と抒情を描いた異色画家」とサブタイトルが付いたが、長谷川利行は「下町」といっても浅草や上野のような盛り場だけでなく「田端変電所」「汽罐車庫」（田端駅構内）、「夏の遊園地」（荒川遊園）、「荒川風景」「三河島風景」など、東京の周縁の風景を描いたところに特色がある。荒川や三河島などは「下町」というより当時は東京のはずれ。こんなところにまで足を運んでいたかと驚く。

「鉄橋の見える風景」は川で泳ぐ人たちの向こうに鉄橋の大きなトラスが見える。これはおそらく荒川を渡る京成電車の鉄橋だろう。昭和六年から七年にかけて好んで荒川放水路沿いを歩き、荒涼茫漠たる風景をスケッチまでした永井荷風を思い出させる。

京成電車の鉄橋は小津安二郎『東京物語』(一九五三年)に、祖母の東山千栄子が荒川の土手で小さな孫と遊ぶ場面にとらえられている。

長谷川利行が好んでガスタンクを描いたのも面白い。ガスタンクというと殺風景なものと思ってしまうが、当時はモダン都市の一風景だったのだろう。

「タンクのある風景」「タンク街道」は、いずれも南千住、白鬚橋の畔のガスタンクを描いている。造形的にも興味を惹かれたのだろう。

モダン都市のガスタンクに惹かれた表現者は多い。永井荷風は、下町散歩の折りに江東区の砂町にあったガスタンクに目をとめている。『断腸亭日乗』昭和七年四月二十二日。「三時過中洲病院に往く。清洲橋際より乗合自動車に乗り砂町瓦斯タンクの門前に至る」。

写真家の桑原甲子雄は、昭和のはじめに、南千住のガスタンクを撮っている(『東京』新潮社、一九九五年)。小津安二郎監督もガスタンクが好きで、戦前の『東京の宿』(一九三五年)、戦後の『風の中の牝雞』(一九四八年)でガスタンクをとらえている。

府中市美術館には府中市ゆかりの牛島憲之が常設展で展示されているが、牛島の絵にも「まるいタンク」(一九五七年)がある。これはおそらく世田谷区の芦花公園近くにあるガスタンクだろう。

長谷川利行はじめ画家や作家、写真家や映画監督が、ガスタンクに着目しているのは面白い。

「汽罐車庫」は長谷川利行の代表作のひとつ。田端駅構内の機関車車庫をとらえている。「田端の機関区」はもともと上野にあったものが、手狭になったので明治末に田端(と尾久)へと移った。明治から大正にかけて田端に近い文京区の千駄木で育った作家の宮本百合子は、子どもの頃、弟たちと田端駅に出かけては汽車を眺めた思い出を回想随筆「田端の汽車そのほか」（一九四七年）で書いている。

「（子どもたちは）永い永い間、目の下に活動する汽車の様子に見とれた。汽罐車だけがシュッ、シュッと逆行していると、そのわきを脚絆をつけ、帽子をかぶった人が手に青旗を振り振りかけている。貨車ばかり黙って並んでいるところへガシャンといって汽罐車がつくと、その反動が頭の方から尻尾の方までガシャン、ガシャンとつたわってゆく面白さ」。連結の面白さに注目するところなど相当な鉄道ファンだ。「汽罐車」が消えてゆくとこういう連結風景もなくなる。

銀座の瞬生画廊に「山高登 木版画展」を見に行く。

今回、印象に残ったのは、小樽にある現存最古の煉瓦造りの機関庫と転車台（現在、小樽市総合博物館）をとらえた作品。

山高登さんは、作品集『東京昭和百景』（シーズ・プランニング、二〇一四年）を見てもわかるように、鉄道のある風景がお好きな方だが、小樽の機関庫も描かれていたか。

小樽の機関庫がある場所は、北海道最初の鉄道として明治十三年に開業した幌内鉄道の起点、手宮駅の跡にある。

現在、ここから小樽市内へ遊歩道が作られて、そこに幌内鉄道の線路が残されている。

昭和三、四十年代、東映で活躍した村山新治監督の回想記『村山新治、上野発五時三五分――私が関わった映画、その時代』(新宿書房、二〇一八年)が出版された。

村山新治の名を高めたのは『警視庁物語』シリーズだろう。全二十四本のうち七本を手がけている。

回想記の表題「上野発五時三五分」は、シリーズ第五作(一九五七年)のこと。村山新治監督のデビュー作になる。

殺人犯人(多々良純)が、愛人(浦里はるみ)と上野を早朝、五時三十五分に出る新潟に向かう列車で高飛びしようとする。それを警視庁の刑事たち(堀雄二、波島進ら)が追う。

早朝の、人の姿がほとんど見えない上野駅周辺でロケされている。最後、犯人は跨線橋の上で捕えられる。真下では五時三十五分発の蒸気機関車が、煙を吐きながら走ってゆく。村山新治はのちに、『故郷《ふるさと》は緑なりき』(一九六一年)、『旅路』(一九六七年)などの鉄道が心に残る映画を作るが、第一作で早くも鉄道好きの片鱗を見せている。

『警視庁物語』シリーズは、長谷川利行が描いた東東京の周縁の町でロケされていることが多く、それがいま見ると大きな特色になっている。

『上野発五時三五分』には、「三河島のハモニカ長屋」という住宅が出てくる。容疑者がここにいると聞き込んで、刑事たちが訪ねてゆく。

「ハモニカ長屋」とは何か。使われなくなった鉄道の車両が住宅に利用されたもの。ずらっと列車が並んでいて、少しく感動する。

住宅難の時代には、廃車や空襲で焼けてしまった列車に手を加えて、住宅として使った。井伏鱒二原作、渋谷実監督の『本日休診』（一九五二年）には、蒲田あたりで焼け残った列車に住んでいる人間が出てきたが、あれも「ハモニカ長屋」だったのだろう。

ハル・アシュビー監督の『ハロルドとモード　少年は虹を渡る』（一九七一年）では、ルース・ゴードン演じる老嬢が、使われなくなった列車で一人で暮していた。なかなか住み心地がよさそうだった。

ケストナーの児童小説『飛ぶ教室』には、「禁煙車」に住んでいるので、子どもたちに禁煙先生と呼ばれている愉快な御仁が登場している。現代の東京にも、こんな列車住宅があると面白いのだが。

渋谷のオーチャードホールで行われた、小山実稚恵の「アンコール」公演に行く。

二〇〇六年から始まったリサイタルシリーズが、昨年（二〇一七年）十一月に終了したが、まだその余韻が残っている。

「アンコール」のプログラミングは、ファンのアンケートをもとにしている。バッハ（ブゾーニ版）の「シャコンヌ」、シューマン／リストの「献呈」、ラフマニノフの「ソナタ2番」、そしてベートーヴェンの「ソナタ32番」。

32番は、リサイタルシリーズの最後の最後に演奏された曲。今年の二月には、フィリアホールでの小山さんのコンサートでも聴いた。ベートーヴェンのピアノ曲のなかでも、30番、31番と共にもっとも好きな曲。

ちなみに拙著『時代劇のベートーヴェン』（キネマ旬報社、二〇一〇年）は、あるとき、昔の東映時代劇『鳴門秘帖』（一九六一年）をビデオで見ていたら、オーケストラに編曲された32番が流れて驚いたことから付けた書名。

ベートーヴェン最後のピアノ曲。終章の、まさに息が向うの世界へ行ってしまうかのようにはかなく、美しい旋律には心が震える。

この日の小山実稚恵さんの演奏は、まさに入魂の素晴らしさ。大きなホールが一瞬、静けさに包まれた。

この日、会場に美智子皇后が現れたのは思いがけない驚きだった。


トッパンホールへ。いまや同ホールの常連となったティル・フェルナーのピアノを聴きに行く。シューベルトとシューマン。実は、ロマン派の作曲家は正直なところ、ふだんあまり聴かない。しかし、この日のシューベルトの「楽興の時」がまずよかった。ちょうど、この春公開されたイタリア映画『修道士は沈黙する』に、この曲が流れた記憶がまだ残っていたためかもしれない。

それと、最後のシューマン「幻想曲」。シューマンがこんなによかったか。

そういえば、十年ほど前に公開されたドイツ映画『クララ・シューマン 愛の協奏曲』（ヘルマ・サンダース＝ブラームス監督）は冒頭、シューマンとクララが鉄道に乗るところから始まるのに驚いたものだった。クララは「速いって素敵」と言っていたのに対し、シューマンは、「汽車は速すぎる。これでは魂が取り残される」と不安を感じていた。

この日、大拍手に応えたティル・フェルナーが、ガッツポーズをしたのが可愛かった。アンコールの小曲が美しい。あとでリストの「巡礼の年」（「ワレンシュタットの湖で」）と知った。

これは以前、NHK交響楽団の会員誌に書いたことなのだが、『ローマの休日』では、王女オードリー・ヘプバーンが泊ることになる新聞記者グレゴリー・ペックの部屋のラジオから、「巡礼の年」（「ゴンドラを漕ぐ女」）が流れたものだった。


（「東京人」二〇一八年九月号）

鉄道で、土地の記憶をたどる旅。

久しぶりに小淵沢に行った。

新宿から中央本線の特急で約二時間。駅舎がすっかり新しくなっていたのに驚いた。二階建て。駅というより美術館かホールを思わせる。林業が盛んな土地だったからだろう、木を随所に取り入れている。

小淵沢駅が新しくなったことを知らなかった。この秋（二〇一八年）にキネマ旬報社から、日本映画に登場したさまざまな鉄道についての本『あの映画に、この鉄道』を出す予定。

そのなかで、小淵沢の駅舎は昭和三十年に改築され、平屋の二代目駅舎と書いたら、校閲から「小淵沢駅は昨年、新しいモダンな駅舎に変わっています」と指摘され、恥ずかしい思いをした。

それで、夏の一日、確認に出かけた。

駅舎には、しばしばこういうことがある。

ＪＲの鉄道は廃線になるところも多いが、一方で主要駅には改築されるところがあるので、鉄道について書くときは気をつけなければいけない。過去の記憶だけで書くと間違える。

近年でも栃木県の烏山、熱海、小田原、高山などの駅が新しくなっている。飛騨の高山駅など、昭和初期のコンクリート駅舎で名駅舎とされていたから、これが続くと思ったが、二〇一六年に改築された。

小淵沢駅の駅舎は新しくなったが、駅周辺は以前とさほど変わっていない。小海線との接続駅で中央本線の主要駅なのに、町には高い建物はほとんどなく、昔ながらの商店街があるだけ。

松本清張の短篇に「すずらん」というアリバイ崩しの佳品がある。小海線の清里近くのスズランの名所を、北海道の美瑛《びえい》あたりのスズランの名所に見立ててアリバイを作る話だが、冒頭、犯人の画家が殺そうとする愛人と小淵沢駅に降り立つ。

「小淵沢駅に着いた」「この淋しい駅で降りたのは二十数人くらいである。案外人が降りるのは、ここが小海線の起点になっているからだった」

昭和四十年（一九六五）の作品だが、小淵沢駅を「淋しい駅」としている。確かに中央本線で、塩山、甲府を通ってこの高原の駅に着くと、まわりに高いビルがほとんどないので、いまでも「淋しい駅」と思ってしまう。

小淵沢の町でロケされた古い日本映画がある。昭和二十六年（一九五一）公開の五所平之助監督『わかれ雲』。東京の女子大生（有名スターはいない。若き日の宮崎恭子、大塚道子、岩崎加根子ら）が夏休み、田舎の暮しの調査にやってくる。小淵沢で小海線に乗り換える予定だが、時間があるので町を歩くことになる。

まだ中央本線を蒸気機関車が走っていた時代。駅を出ると道は下り坂になっていて、両側に小さな商店が並ぶ。この様子は現在でもさほど変わっていない。さすがに商店の建物は新しくなっているが。

坂の途中に、昔ながらの金物屋があった。

鍋や食器、それに昔ながらの竹細工を並べている。おかみさんはかなりの年輩。

竹細工の笊《ざる》をひとつ買い求めて、おかみさんに「昔、この町でロケした映画があるんだけど、憶えているかな」と聞くと、とたんに笑顔になって、「憶えているわよ、町の人がたくさん出たんだから」。

気のいいおかみさんは昭和十八年（一九四三）生まれ。私より一歳上になる。

「映画の題名は忘れちゃったけど」「『わかれ雲』」「そう、それ。父も出たのよ」

女子大生のひとり（沢村契恵子）が町を歩いているうちに熱を出して倒れてしまう。駅前の旅館の仲居（川崎弘子）がそれを見て宿に連れ帰り、看病する。女子大生は思いがけず町の人の親切に触れる。

金物屋のおかみさんによれば、この旅館は吉田館といって実際に駅の近くにあった旅館だという。残念ながらいまはもうない。

それでも小淵沢の町に、『わかれ雲』のことを憶えている人間がいるのはうれしいことだった。当時、町の人には、映画のロケ隊がやってくるのは大きな事件だったのだろう。

旅先では町の人に、必ず三つのことを聞くようにしている。戦時中、空襲にあったかどうか。戊辰戦争のとき幕府側だったか官軍側だったか。そして、もうひとつは、映画のロケがされたかどうか。

残念ながら若い世代（五十代でも）、この三つに答えられない人が増えている。小渕沢の金物屋のおかみさんが、自分の町でロケされた古い映画『わかれ雲』を憶えていてくれたことは貴重だった。

この夏は異様に暑い。

さすがにこたえる。といって日本全国、天気予報を見ると、どこも暑い。涼しそうなのは、北海道の釧路くらい。ほぼ毎日、二十度台を維持している。全市天然冷房状態。

埼玉県の熊谷が「日本一暑い町」として有名になったのだから、釧路も「日本一涼しい町」とアピールすればいいいかもしれない。

釧路まで行く余裕はない。

暑さを逃がれるため、思い立って二日間、奥日光に行った。以前、亡妻と夏に行った奥日光のホテルを思い出した。温泉もある。

日光へは通常は、浅草から東武電車を利用する。しかし、最近は新宿から日光行きの特急が出ている。新宿から栗橋まではＪＲで、栗橋からは東武になる。日光行きをめぐって長年、競い合っていたＪＲと東武がいまや協力し合っている。

杉並区に住んでいる人間には、これが便利。新宿から二時間ほどでもう日光に着く。

日光の駅は、東武日光とJR日光が近接している。歩いて五分もかからない。列車は東武日光に着くが、駅舎は、JRの日光駅のほうが、はるかに素晴しい。

大正元年に建てられた洋風駅舎。鹿鳴館風といえばいいか。「洋館」がハイカラといわれた時代の建物で、その疑似西洋風が懐しい。

日光には大正天皇の御用邸があり、天皇がこの駅を利用したので、貴賓室の名残りもある。JRが駅舎を次々に新しくするのはいいが、こういう名駅舎は残してほしい。

日光駅から奥日光まではバスで行く。いろは坂、中禅寺湖、戦場ヶ原を経て、約一時間半。運転手は女性だった。いろは坂の運転は大変だと思うが、難なく乗り切った。

さすがに奥日光まで来ると涼しい。ただ、以前に来たときに比べて、ここでも過疎化しているのか、店閉まいしている旅館が目についた。

奥日光の湯元温泉といえば、大正期の私小説作家、葛西善蔵のゆかりの地として知られる。青森県の弘前出身だが、大正十三年の秋、生活に行き詰まり――小説が書けない、女性関係がこじれる、という私小説家ならではの袋小路におちいり、それから脱するため、奥日光にやってきた。昔の作家は、小説を書くためによく温泉に出かけた。

追いつめられた葛西善蔵は、湯元温泉の板屋旅館（現在も健在）に逗留し、私小説作家らしく、自分の苦境をそのまま小説にした『湖畔手記』を書き上げ、これが代表作になった。

湯元温泉は湯ノ湖という小さな湖に面している。この季節には、マス釣りの釣り人が多く訪れる。行き合った男性は、二十匹ほどのマスを釣り上げていて笑顔だった。

湖のなかに兎島《うさぎじま》と呼ばれる突き出た半島のようなところがある。そこに、『湖畔手記』を奥日光湯元で書いた葛西善蔵を顕彰した小さな文学碑がある。歌が刻まれている。「秋ぐみの 紅きをかめば 酸くしぶく タネあるもかなし おせいもかなし」。

「おせい」は妻子ある善蔵の恋人だった女性。鎌倉にいたときに知り合った茶店の娘。子供もはらませた。そのつらさから逃げるために葛西善蔵は湯元温泉にこもった。

文学碑は木立のなかにひっそりとある。いま、大正時代の私小説がはたしてどれほど読まれているだろう。

日光も鉄道と縁がある。

昭和四十年代まで、「東武鉄道日光軌道線」という路面電車が、いまバスが走る道を走っていた。昭和四十三年（一九六八）に廃線になった。

この路面電車のことを知ったのは、二〇〇六年に東武博物館で発行された『なつかしの鉄道とバス 岡準二遺作写真集』で。東武鉄道を愛し、昭和三十年代の同鉄道の写真を撮り続けた人の写真集。

これを見て初めて、日光の山道を路面電車が走っているのを知った。東京でいえば都電のような電車が、東照宮の前の神橋《しんきょう》のすぐ横や、田舎道を走る姿には、「こんなところにも電車が走っていたのか」と驚く。

湯元温泉に二泊し、なんとか暑さ疲れを取った。そのあと、日光駅への帰りのバスを途中下車して、以前、路面電車が走っていたところを歩いてみた。

廃線になった路面電車の線路が一部でも残っているかどうか。

三十分ほど歩いたが、残念ながら見つからない。五十年ほど前の話だし、路面電車だから車社会になれば線路は片づけられてしまうだろう。憶えている人もいないか。

歩いているとガソリンスタンドがあった。働いている人は若者と思いきや意外とシニア。ひょっとして、憶えているかと持参した写真集の写真を見せると――、

「ああ、これ、俺、乗ってたよ。高校通うのにさ。途中に、女学校があって、女学生と一緒だったんだよ」

時間が一気に少年時代に戻った。

小淵沢の金物屋のおかみさんといい、日光のこのガソリンスタンドのおやじさんといい、シニアはきちんと昔のことを憶えている。

立派な「歴史」ではなく、小さな「記憶」をたどる旅では、いちばん頼りになるのはこういう市井のシニアだ。


（「東京人」二〇一八年十月号）

台湾と北海道、島を想う。

山梨県清里のフォトアートミュージアムに「島の記憶　1970〜90年代の台湾写真」展を見に行く。

新宿から中央本線で小淵沢までゆき、そこで小海線に乗り換え、清里へ。駅からミュージアムまではかなり距離があるのでタクシーに乗る。

清里のある山梨県の北杜市は近年、東京からの移住者が増えている。タクシーの走る通りの両側にはペンションや別荘らしい瀟洒な家が並んでいる。どこかヨーロッパの田園を思わせる風景が続く。医者をリタイアした友人が数年前に北杜市に移り住んだ。東京の狭いマンションに住んでいる身には、写真で見る彼の家は森のなかの豪邸に思える。

清里フォトアートミュージアムは森のなかにある。台湾写真展は素晴しかった。タイトルにあるように一九七〇年代から九〇年代にかけての台湾の写真家たちの写真。主としてモノクロで、台湾の人々を暮しの空間のなかでとらえている。

台北のような都市だけではなく、農村、漁村、さらには離島に生きる人々をリアリズムの手法で正面から撮る。生活者の日常が伝わってくるし、写真家の、彼らの暮しに寄り添いたいという思いも伝わる。

写真展の小冊子に寄せられた美術史家、伊藤俊治氏の文章によれば、戒厳令が長く続いた台湾では、写真といえば、時代と関わらない、花や鳥などの自然、あるいは女性を撮る写真が主だった。そのなかで徐々に、「現在と対峙し、写真の直接的なリアリズムを基盤に、自己と世界の関係を見つめなおそうとする先駆的な写真家」があらわれるようになった。

いいなと思った写真がいくつかある。

雑草が生える荒れ地のなかの一本道を、日傘をさした母親と娘が歩いてゆくうしろ姿をとらえた写真。植田正治を思わせる。

あるいは幼ない少女が一人で海を見つめている写真。また、背中に赤ん坊を背負った少女の写真。さらに、写真展のポスターなどに使われた、海岸の岩の上に立つ、新婚カップルと友人たちの記念写真。

どれも日本の昭和三十年代の暮しに通じるものがあり、懐しい気持になる。

写真展のタイトルが「島の記憶」とあるように、台湾自体を島ととらえた写真と同時に離島の暮しにカメラを向けた写真が並ぶ。

伊藤俊治氏によれば、国民党の圧政下、一九七〇年代に「『郷土写実主義』と呼ばれる、土地や人間へ特別な眼差しを向ける動きが写真の世界で高まっ（た）」という。「台湾という島全体を多様な地域集合体と捉え直そうとする意識の発生でもあった」。

暮しのなかに根づいた人々の写真が多いのはそのためかと納得する。

台湾に対する関心を呼びさましてくれたのは私などの世代では、侯孝賢《ホウシヤオシエン》監督の映画だが、いまにして思えば、その作品は『風櫃《フンクイ》の少年』（一九八三年）、『童年往事《どうねんおうじ》 時の流れ』（一九八五年）、『恋恋風塵《れんれんふうじん》』（一九八七年）など田舎町を舞台にしたものが多かった。これは写真の世界における「郷土写実主義」と呼応していたのかもしれない。

そういえばミュージアムの館内のテレビでは、侯孝賢の『悲情城市』（一九八九年）のビデオが流されていた。


来るときはタクシーに乗った。帰りは清里の駅まで歩くことにした。幸い天気はよく、高原だけに風がさわやか。この夏も、三十度を超える日はほとんどなかったという。そのぶん、冬の寒さは厳しいものがあるのだろうが。

トウモロコシ畑、ユリの木の並木、牧場、ペンション、別荘が続く。歩いていて飽きない。どの別荘でも薪が積まれている。暖炉で焚くのだろう。

年を取ると、よく夏涼しい地での暮しを考えるが、冬のことを思うとひるんでしまう。そもそも車の運転もできないし、パソコンも使えない古い人間に田舎暮しは無理なのだが。時折り、旅に出て息抜きすることで満足するしかない。


白水社がこのところ台湾文学の紹介に力を入れているのが有難い。

おかげで呉明益《ごめいえき》『歩道橋の魔術師』（天野健太郎訳、二〇一五年）や甘耀明《カンヤオミン》『鬼殺し』（白水紀子訳、二〇一六年）などの快作を知ることができ、台湾が以前よりずっと近くなった。

この八月に出版された王聡威《ワンツオンウエイ》の『ここにいる』（倉本知明訳）には意表を突かれた。

二〇一三年に起きた大阪市母子餓死事件に材を取っている。大阪市内のマンションで母親（二十八歳）と男の子（三歳）が餓死した事件。日本でも、格差社会、無縁社会のあらわれと問題になった。

王聡威は、この事件を台北に置き換え（子どもは六歳の女の子に）、小説にした。

日本での出版に合わせ、王聡威が来日。九月のはじめ、下北沢の書店B&Bで対談をした。

なぜ日本の事件に興味を持ったのか。

台湾でも経済成長が進んだ結果、かつてのように強い家族の絆が失われつつある。同じような事件が台湾でも起こりうる。

日本で起きたことは何年かおくれて台湾でも起きるという。

とはいえ、『ここにいる』は社会的事件をなぞった小説ではない。母子はなぜ追いつめられ、孤独に死んでいったのか。この小説は事件を単純に追ってはいない。面白い手法が使われている。

主人公の母親をはじめ、関係者たちの独白がコラージュのように積み重ねられている。現実には死んでしまった母親が、まるで作者に語りかけるように、自分の子ども時代、学生時代を独白してゆく。

現実では「死」が重要になるが、小説ではむしろ主人公の「生」が浮き上がる。そこに『ここにいる』の面白さがある。

二人でそんなことを話した。

終わって会食をした。王さんが二〇一一年に台湾で翻訳出版された拙著『マイ・バック・ページ』を読んでくれていたのはうれしい。

作家として立ちながら幼い子どもの横で、縊死した鈴木いづみについて書いたところがいちばん印象に残ったという。『ここにいる』の作者らしい。

私が、よく回転寿司に行くと書いた文章も読んでくれていて、東京でいい回転寿司屋を教えてくれと聞かれたのは愉快だった。

先だって、所用で市川市に行った帰り、江戸川区の小岩の町を歩いた。

京成小岩駅で降り、江戸川に向って歩いていると、堤の下に古い石碑がある。見ると慈恩寺への参詣道とある。小岩と慈恩寺がつながっていたか。

慈恩寺は埼玉県の岩槻にある天台宗の古刹。親しくしている元「キネマ旬報」編集長で、現在、フリーの編集者の関口裕子さんが先日、こんな話をしてくれた。

関口さんは、慶福寺という埼玉県蓮田にある慈恩寺と同じ天台宗のお寺のお嬢さん。この夏、八十歳を過ぎた母親と台湾に行った。

目的は、台湾の名所、日月潭の湖畔にある、玄奘寺《げんしょうじ》を訪れること。この寺は日本と縁が深い。『西遊記』で知られる唐代の僧、玄奘大師（三蔵法師）を祀った寺で、その遺骨が納められている。

もとは遺骨は日中戦争のときに、南京から岩槻の慈恩寺に移されたが、一九六五年に玄奘寺が建てられるとともに、そこに納められた。

関口さん親子は、その縁で玄奘寺にお参りをしたのだという。こういう台湾詣でもあるのかと感じ入った。


北海道で震度七の大きな地震があった。

札幌には知人が多いので心配になる。札幌はめったに地震のない町だけに、驚いたのではないだろうか。

北海道の地震といえば、ヤマザキマリの漫画『ルミとマヤとその周辺』（全三巻、講談社、二〇〇八〜〇九年）を思い出す。

一九七〇年代の北海道の小さな町を舞台に、七歳と五歳の姉妹の成長を描いている。佐藤家の姉のルミと妹のマヤは、町の団地に住んでいる。父親は亡くなっている。母親はオーケストラのヴァイオリニストで、演奏の仕事が忙しい。そのために二人はよく鍵っ子になる。

夏になると二人は、田舎で農業を営む祖父母の家に遊びに行く。

あるとき、大きな地震が起こる。祖父母の家は無事だったが、近くに住むタツさんという老人の農場では、牛舎がボロだったのでつぶれてしまい、「ハナちゃん」という牛が死ぬ。

二人が祖父と見舞いに行くと、タツさんが号泣している。「ごめんよォ　ハナヨォォ　助けてやれなくって　ごめんよォォ」「わしには　おめえに　新しい牛舎を作ってやる金もなかったな

んてえっ　ゆるしておくれーっ」。

幼い姉妹は大人が泣くのをはじめて見る。

テレビで北海道の地震のニュースを見ていたら、弱りきった牛の姿を映し出していた。


今年は天変地異が多い。日本は災害大国だと改めて思う。日本文化の核にある「もののあわれ」は、この風土のためだろう。

フランスの映像作家、クリス・マルケルの素晴しい詩的ドキュメンタリー『サン・ソレイユ（日の光もなく）』（一九八六年）に、マルケルが日本ではじめて大きな地震を体験する場面がある。そのとき、マルケルは日本文化の真髄を理解する。

「いつ引っ張られるとも知れぬ絨毯の上に生きているから日本人は、もろく、はかなく、取り返しのきく、仮象の世界で生きてゆく習慣を身につけたのだ」

地震の多い国に生まれ育った人間は、「はかなさ」を自明のこととして暮さなければならない。やはり地震の多い台湾でもそうなのかもしれない。


（「東京人」二〇一八年十一月号）

台湾文化の伝統と新しい風。

仕事で関西に行くとき、行きは約束の時間があるので新幹線に乗る。楽しみは帰り。仕事が終わったのでほっとする。そのゆったりとした気分のなかで旅をしたい。新幹線でそのまま東京に帰るのはつまらない。寄り道をしたい。

毎回、いろいろ寄り道のルートを考える。湖西線を使って金沢に出て、北陸新幹線で帰る。名古屋から中央本線で帰る。富士から身延線経由で新宿に帰る。

十月、京都に行った帰り、名古屋から岐阜経由の高山本線に乗り、高山から富山に出て、あとは北陸新幹線で東京に帰る旅程をたてた。

ところが失敗してしまった。

名古屋から高山に向かう列車に乗ったところ、なんと、高山本線は七月の豪雨のため、高山から先、富山までが不通になっているという。平日のことだし、列車は空いているだろうから予約していなかったために、情報を逃していた。油断していた。

高山から富山まで代行バスが出ているというが、バスには乗る気がしない。どうするか。

思いついたのが、長良川鉄道に乗ること。高山の手前の美濃太田から出ている第三セクターの鉄道。途中に、郡上八幡があるので知られるが、この鉄道は、いわゆる盲腸線。もともとは国鉄で、岐阜県と福井県を結ぶはずだったが、福井県に入る手前の北濃《ほくのう》で工事が中断されてしまった。昭和九年に、美濃太田―北濃が開業したが、未成線のため苦戦を強いられ、一九八六年に第三セクターの長良川鉄道に引き継がれた。いわば、出生からして寂しい鉄道。

この鉄道には、以前、尾張一宮産の家内と、郡上八幡に行くときに乗ったことがあるきり。終点の北濃までは行ったことがない。

高山から富山までが不通と知って思いついたのは、この長良川鉄道に乗ること。時刻表を見ると、幸い、本数の少ない鉄道にもかかわらず、美濃太田から終点の北濃まで行き、折り返してまた美濃太田まで戻ってくる頃合いの列車があるので、これに乗ることにする。

美濃太田の駅は新しい橋上駅になっている。観光案内図を見ると、文化勲章を受章した歴史学者津田左右吉と、明治の文学者坪内逍遥の出身地とある。知らなかった。今度、時間の余裕のあるとき、町を歩いてみよう。

このあいだまで放映されていたNHKのテレビドラマ「半分、青い。」の脚本家北川悦吏子も、この町（美濃加茂市）の出身だという。二〇一七年に大ヒットしたアニメ、新海誠監督の『君の名は。』のモデルの鉄道は高山本線だということで、いっとき、高山本線の列車に聖地めぐりで乗るアニメファンが増えたと話題になった。

美濃太田駅から北濃行きの一両だけの気動車に乗る。平日の昼だが混んでいる。郡上八幡に行く中高年の団体客。若いカップルもいる。ローカル鉄道が混んでいるのはいいものだ。ひとり、旅の鉄道ファンらしいおじさんもいる。

長良川鉄道は各駅停車。関東の水郡線と同じ。山里を走る。終点の北濃まで約二時間。駅の大半は無人駅。ちょうど小雨が降り始める。日本の山里は雨に濡れると美しい。雨に煙《けむ》る竹藪、瓦屋根、勢いを増す清流、赤い彼岸花、無人の駅舎。

この鉄道の沿線は白山文化の栄えたところ。仏像で知られる円空の出身地はこのあたり。白山神社といえば、朝の散歩コースに小さな白山神社がある。善福寺川のすぐ近く。散歩の途中、ここで手を合わせる。

白山信仰については、元「新潮」編集長で民俗研究者の前田速夫氏の『白の民俗学へ』（河出書房新社、二〇〇六年）が面白い。氏には『白山信仰の謎と被差別部落』（河出書房新社、二〇一三年）という刺激的な書もある。

小雨のなかをゆっくり各駅で走る長良川鉄道の鉄道旅は久しぶりのローカル線の旅だった。ひとつ失敗をした。美濃太田の駅で駅弁を買おうとしたが見当たらない（JRのホームにはあったらしい）。仕方がない。終点の北濃で食堂があったら入るのを楽しみにした。ところが北濃駅に着いて驚いた。駅の周辺に店らしい店がない。食堂があるのだが、今日は定休日。北濃までたどり着いた乗客は、私と鉄道ファンらしいおじさんと二人しかいなかったのだから、店が少なくても無理はない。

食堂に入れなかったかわりに、北濃駅にはかつて活躍した転車台が保存されていたのがうれしいことだった。雨に濡れた小さな終着駅をカメラにおさめ、空きっ腹のまま、折り返し美濃太田行きの一両の列車に乗った。

台湾の伝統芸能に「布袋戯《ほていぎ》」（台湾語でポーテーヒ、北京語読みでプータイシー）がある。布製の人形のなかに手を入れて動かして演じる野外の人形劇。

私などの世代では、一九九三年に日本公開された侯孝賢《ホウシャオシエン》監督『戯夢人生《ぎむじんせい》』で知られる。台湾の人間国宝的存在と言われる布袋戯師、李天禄《リーテイエンルー》が出演した。

東山彰良の小説『僕が殺した人と僕を殺した人』（文藝春秋、二〇一七年）では、一九八四年、十三歳だった少年が台北の迪化街《ディーホアジェ》でこの布袋戯を上演している。

台湾では、いまでも人気があるという。

九月、虎ノ門の台湾文化センターで、この布袋戯をベースにした冒険ファンタジー映画『古代ロボットの秘密』（原題「奇人密碼―古羅布之謎」）を観た。

これが素晴らしく面白かった。

観る前は、素朴な子ども向けの人形劇で、かつてのＮＨＫの人気テレビ人形劇「ひょっこりひょうたん島」のようなものかと思っていた（無論、あの番組は面白かったが）。

ところが、まったく違う。よりダイナミックで、これが人形劇かと驚いてしまう。『スター・

ウォーズ』や『風の谷のナウシカ』に近い。

古代中国を舞台に、木製ロボットをめぐって、善悪入り乱れて戦うのだが、そのキャラクターがすべて人形なのに驚く。一種の武侠アクションで、人形たちが刀や弓で戦う。空を飛び、地を走る。竜虎相搏つ。いったい人形をどう操作すれば、こんなハリウッド映画顔負けのアクションができるのか。

聞けばCGは使わず、人形師たちが動かしているのだという。シンプルな人形劇を予想していた人間としては、大仰ではなく度胆を抜かれた。伝統的な布袋戯が、二十一世紀に進化している。人形たちも、アニメのキャラクターのよう。美青年、美少女揃い。最近知った日本のゲーム「文豪とアルケミスト」に似ている。当日、彼らのコスプレイヤーも登場した。

この映画のプロデューサーは台湾在住の日本人、西本有里さん。当日、ゲストとして出演し、布袋戯の歴史、現代の台湾での人気についての解説があった。

西本さんによれば、こういう布袋戯ファンタジー・アクションは、いま台湾のテレビで放映されているだけではなく、コンビニでも関連グッズが発売され、大人気になっているという。まったく知らなかった。

いや、台湾だけではない。これも知らなかったが、日本でもこの新しい布袋戯ファンタジー・アクション「Thunderbolt Fantasy 東離《とうり》剣遊紀《けんゆうき》」が二〇一六年にテレビ放映され、一部で熱狂的ファンを生んでいるのだという。

当日、台湾文化センターにはこうしたコアなファンがつめかけていて、次々に西本さんに「日本でビデオを発売してほしい」「撮影所見学のツアーを組んでほしい」と要望が殺到。なかには、神戸から来たという女性ファンもいて、その熱気には圧倒された。私など知らないところで、文化の地殻変動が確実に起こっているようだ。

プロデューサーの西本さんには、実は四年前に台湾に行ったときに、アテンドしていただきお世話になっているのだが、こんな面白い映画をプロデュースしているのは知らなかった。

イベントが終わったあと、「なんで、もっと早くこのことを教えてくれなかった」と、西本さんに〝文句〟を言った。

今年の六月の台湾旅行は、来年七十五歳で後期高齢者になる人間としては、正直、つらいものがあり、「台湾行きは、今年がもう最後かな」と、弱気になっていたのだが、この映画を観たら、来年、台中の郊外にあるという製作スタジオを訪ねたくなった。

台湾熱は、いっこうに冷めない。

小雨の降る九月の土曜日、上野の東京藝術大学大学美術館の陳列館で開かれた「台湾写真表現の今〈Inside/Outside〉」展を見に行く。

夏に清里フォトアートミュージアムで見た「島の記憶 1970~90年代の台湾写真」展に対し、こちらは表題どおり、現代に活躍する写真家たちの現在形の写真展。

前者が「草創期」とすれば、こちらは「成熟期」と言えばいいだろうか。

台湾の現実の発見の時代から、現実の変容へと時代が移っている。

印象に残ったのは、まず陳淑貞《チエンスウチエン》という写真家の「空場の後（After）」というシリーズ。台湾のラブホテルでの、利用者がチェックアウトしたあとの乱れた、空虚な室内を撮っている。着想が面白い。

いわば使用済みのラブホテルの部屋に着目する。「都市の孤独」という主題が浮き上がる。文明社会アメリカの孤独を描き続けた画家エドワード・ホッパーの絵を思わせる。

もうひとつ、よかったのは、趙炳文《チヤオビンウエン》という写真家のシリーズ「農舎」。田園のなかに忽然と現れたポストモダンの農家の建物を絵葉書のように正面から撮る。水田の緑と、住宅見本のような超モダンな建物のアンバランスが新鮮。

こういう素晴らしい写真や、西本有里さんがプロデュースした布袋戯ファンタジー・アクションを観ると、台湾の底力を感じる。

台湾行きは今年で終わりと思っていたのだが、パスポートを更新しなくては。

（「東京人」二〇一八年十二月号）

「芸術の秋」を楽しむ。

十一月のはじめ、松本竣介（一九一二〜四八）のコレクションで知られる群馬県桐生市の大川美術館に行く。

美術館ではこの秋、竣介没後七十年、美術館開館三十周年を記念して、企画展「アトリエの時間」を開催している。

戦前から戦後にかけて竣介が暮らした下落合（西武新宿線の中井駅の近く）の家のアトリエを美術館のなかに再現し、画家の創造の現場からその画業を辿ろうとする試み。

この企画の一環として、館長の田中淳さんと対談をした。松本竣介は好きな画家で、以前、竣介が少年時代を過ごしたゆかりの盛岡市にある岩手県立美術館で竣介について講演をしたこともある。

この四月には、落合の松本邸を訪ねて、子息の莞《かん》さんからさまざまな貴重な資料（手紙やスクラップブックなど）を見せていただいた。莞さんは建築家で、盛岡の川徳デパートを設計したことで知られる。

手紙などから竣介が生前、林芙美子と親しかったことがわかったのは、評伝『林芙美子の昭和』（新書館、二〇〇三年）の著者としてはうれしいことだった。

家が近かったこともある。松本邸は林芙美子の家（現在、記念館になっている）の前の坂を登ったところにある。隣り近所になる。

また、林芙美子は絵を描くのが好きだった。夫の手塚緑敏《りょくびん》は画家だった。そんなこともあって松本竣介に親しみを持ったのだろう。竣介は、林芙美子の小説『一粒の葡萄』（南北書園、一九四七年）の装丁を手がけている。

松本家には竣介の手紙も大事に保管されている。戦時中、家族は禎子夫人の実家の松江に疎開した。竣介は東京に残った。東京から松江の家族に何通もの手紙を送っている。とりわけ、当時まだ幼かった莞さんに宛てた絵入りの手紙は、遠く離れて暮す子どもへの思いがこもっていて心なごむものがある。

画家というと、つい破滅型、無頼派を想像してしまうが、竣介は健全な家庭人だった。家族を大事にしながら、いい絵を描き続けた。

松本竣介はパリに留学した画家ではない。師にもつかなかった。独学で学んだ。それだけに絵にオリジナリティがあった。

松本家で見た資料のなかで、いちばん新鮮だったのはスクラップブック。全部で三十冊はあるだろうか。当時の雑誌や新聞から切り抜いたさまざまな人物や都市風景がきちんと貼られている。都会的なマヌカン（ファッション・モデル）、スポーツ選手、映画女優（グレタ・ガルボやジョーン・クロフォード）、町を歩くモダンガール。一九三〇年代の時代の最先端をゆく人物たちがコラージュされている。

竣介の都市風景の絵のなかには、さまざまな人間が描き込まれているが、そのモデルは現実の人物ではなく、こうしてスクラップした写真のなかの人間なのかもしれない。

今年の上半期の芥川賞候補になった木村紅美《くみ》の『雪子さんの足音』（講談社）は、高円寺のアパートに住むことになった大学生の若者と、大家の老女性との心の交流を描いた淡彩画のような佳品だが、若者は、松本竣介が好きで、卒論にこの夭逝した画家について書こうと準備している。

若者が大家の老女性にそのことを話すと、彼女はすぐにこう応じる。

「わたしも彼の絵は大好き。美智子皇后もお好きよね。青い色が、シャガールのように独特で」

若者と祖母のような老女性。世代の違う二人が、松本竣介によってつながっている。ちなみに、今回、田中館長から聞いたことだが、平成の天皇皇后は松本竣介の絵を見に大川美術館を訪れているという。

そういえば、木村紅美さんの『雪子さんの足音』は映画化され、近々、公開される。浜野佐知監督。老女性を吉行和子が演じるという。松本竣介の絵も登場するだろうか。

対談が終ってほっとして、一人、桐生の町を歩いた。昨年（二〇一八年）、訪れて以来。桐生は戦災に遭っていないので、昭和の建物があちこちに残っていて、懐かしい気持にさせられる。大川美術館を作った大川栄二氏は、桐生出身の企業人。早くから、松本竣介の絵に惚れ込んで収集していった。先見の明がある。

駅前の商店街を歩いていたら、赤提灯の店があった。去年歩いたとき、いい居酒屋が見つからず残念な思いをしたので、いい店を見つけたと迷わずに入る。

カウンターがあり、一人客でも大丈夫なのが有難い。隅の席に座り、煮込みとなめろうを肴にビールを飲む。仕事が終ってほっとしているときに飲むビールがうまい。

ビールのあとに熱燗をもらう。と、カウンターで先ほどから私と同様、一人で飲んでいる老人が、話しかけてきた。桐生の人かと思ったら、そうではなく、名古屋から来たという。

桐生は、鉄道ファンに人気のある、わたらせ渓谷鐵道の起点。この老人は「乗り鉄」で、全国各地の鉄道に乗っていて、今回は、わたらせ渓谷鐵道に乗りに来たという。

話をすると、共通点が多い。

とくに一致したのは、鉄道一人旅では、テレビの旅番組に出てくるような、着物のおかみがいるような豪華な和風旅館には、まず泊らないということ。

もっぱらビジネスホテルに泊まる。そして、町に繰り出し、いい居酒屋で飲む。これぞ、鉄道の旅の王道と意見が一致した。

この人、私より二歳年下ということだが、鉄道の旅を始めたのは、「かみさんを亡くして、一人で暮すようになってから」という。仕事は「土建屋」だった。会社勤めをしていたときは、旅に出る余裕がなかった。奥さんに先立たれてから、鉄道一人旅をはじめたという。

こういう鉄道好きとめぐり会えるとは。いい居酒屋を見つける嗅覚でも一致しているのだろう。配偶者を亡くして十年目とは、私と同じ。旅先で同じ境遇の人間に会えるとは、しみじみとする。

この秋は、東京では大きな美術展がいくつも開かれている。なかでも人気は、フェルメール、ムンク、東山魁夷だろうか。

そんななか、ボナールも見逃せない。

秋の一日、国立新美術館にボナール展を見に行く。平日の午前中に行ったので、幸い空いていて、ゆっくり絵を見ることができる。

ボナールは、庭と居間の画家ではないかと思う。十九世紀から二十世紀にかけて、ボナールが生きた時代、フランスではいまでいえば中産階級が成熟してきて、豊かな小市民の暮しを楽しむようになった。

家庭が大事になった。一家がくつろぐ居間や食堂が家の中心になった。あるいは、夏のヴァカンスに出かけてゆく田舎の別荘。

ボナールの色彩豊かな絵には、そうした小市民の暮しのささやかな幸福が描かれている。

例えば「ランプの下」（一八九九年）では、夜、食事が終わったあとだろう、母親がランプのともる机で繕い物をしている。向かいには子どもが勉強をしている。「大きな庭」（一八九五年）では、夏、田舎の別荘の庭で、ボナールの妹の子どもたちが果物を収穫している姿が描かれる。小市民の平穏がある。

ボナールは、しばしば猫を描いた。「猫と女性　あるいは　餌をねだる猫」（一九一二年頃）は、食事をする女性の隣りで、白い猫がテーブルに前足を乗せて、料理をねだっている姿を描いていて、なんとも微笑ましい。

ボナールは、穏やかなものを好んだ。荒々しい大自然や、悲劇の物語、仰々しい大建築はまず描かない。身近な庭や居間、浴室、木や花、あるいは猫や犬を好んで描いた。そのために、文学でいう「マイナー・ポエット」にたとえられる。

林芙美子はボナールが好きだった。

戦後の長篇小説『茶色の眼』（一九五〇年）は、妻と倦怠期にあるサラリーマンの「中川氏」が、同じ会社で働く戦争未亡人の「相良さん」に惹かれてゆく物語。

成瀬巳喜男監督の『妻』（一九五三年）は、この小説の映画化。「中川氏」は上原謙、妻は高峰三枝子、そして「相良さん」は丹阿弥谷津子が演じた。

原作では、「中川氏」が「相良さん」と昼休みにこんな美術の話をする。

「（僕が）美しいなと思うところでは、ルノワールとか、ボナールなんて人のはいいですね」

「中川氏」が、ボナールの名を挙げると、「相良さん」も応じる。「私も、ボナールって好きですの。いいわ。仄々《ほのぼの》としてあたたかいマチエール（題材）ですものね」。

ボナールは戦前にすでに日本に紹介されていた。二人は戦前にボナールを知り、その強い印象は戦争が終わっても続いていたのだろう。「仄々としてあたたかいマチエール」と、林芙美子はボナールの良さをきちんととらえている。

ボナールが好きだった作家がもう一人いる。昭和の地味な抒情的作家、結城信一。「ボナールの庭」(『夜の鐘』講談社、一九七一年、所収)という小品を書いている。ボナールが好きだった亡き画家のことを語り手が思い出す。ボナールの絵の良さを語るこんな言葉がある。「ボナールは、愛らしい犬や猫、鳥、花、果物、さりげない部屋の片隅、浴室の裸婦、そして時には大きな風景を、みごとな美しい色彩で、たくさん描いた」

結城信一もまた、林芙美子と同じように、ボナールの「仄々としてあたたかいマチエール」に心惹かれている。

(「東京人」二〇一九年一月号)

台湾を愛した天野健太郎さん逝く。

台湾文化センターに、作家、呉明益さん（一九七一年生まれ）の講演を聞きにゆく。日本では、呉明益さんは、二〇一五年に出版された連作短篇集『歩道橋の魔術師』（天野健太郎訳、白水社）が素晴しく、台湾現代文学の旗手としてその名を知られるようになった。

この十一月に、文藝春秋から長篇小説『自転車泥棒』が刊行された。翻訳は『歩道橋の魔術師』と同じく天野健太郎さん。その出版に合わせての来日、講演だった。

『自転車泥棒』は、まだ自転車が高値で貴重だった時代に、仕立屋をしている父親の自転車が盗まれたことを「ぼく」が思い出し、そこから父の、母の、家族の生を辿ってゆく過去追慕の物語。題名は、イタリアン・ネオ・リアリズムの映画、ヴィットリオ・デ・シーカ監督の名作、『自転車泥棒』（一九四八年）から取られている。

前作『歩道橋の魔術師』は、一九九二年まで台北駅の近くにあった中華商場という庶民的な集合商店街に生きる人々を懐しく描いていたが、『自転車泥棒』でも一家はやはり中華商場に住む。作者の自伝的要素も濃いようだ。

この小説では自転車がキーイメージになっているが、呉明益さんは自転車が大好きなのだという。単に自転車に乗るのが好きなだけではなく、自転車そのものが好きで、貴重な昔の自転車を何台もコレクションしているという。

『自転車泥棒』は、父の自転車の思い出から、父の若い頃——日本統治時代、とりわけ戦争の時代へと、物語はさかのぼってゆく。

「ぼく」の父親は、戦時中、志願して日本へ行き、少年工として戦闘機を作る工場で働いたという。

神奈川県高座《こうざ》にあった海軍工廠。八千人以上の台湾の少年工がいた、そのひとり。呉明益さんのこの話を聞きながら思い出したのは、一昨年（二〇一七年）話題になったドキュメンタリー『人生フルーツ』（伏原健之監督）。

愛知県春日井市に住む津端修一さんという九十歳になる建築家と八十七歳になるその奥さんの静穏な老いの日々を描いているが、このドキュメンタリーのなかに「台湾」が出てきて驚く。

戦時中、津端さんは高座の戦闘機の工場で、台湾の少年工の指導にあたっていた。そのなかの一人と親しくなった。少年は戦後、台湾に帰ったが、やがて連絡が取れなくなった。

老年になって津端さん夫婦は台湾に行く。そこでようやくかつての少年工の消息がわかる。少年は、二・二八事件後の白色テロの犠牲になって殺されていた。老夫婦は山の中にある少年の墓にお参りに行く。

呉明益さんの父親は、少年工だったことを一切語らなかったという。白色テロを怖れたのだろうか。残念ながらまだ日本では翻訳が出ていないが、『眠りの航路（睡眠的航線）』（二〇〇七年）は、

この少年工だった父親を描いた小説だという。（注、この小説は二〇二一年に白水社から出版された。倉本知明訳）

『自転車泥棒』では、戦時中、マレー半島でイギリス軍を苦しめた日本軍の銀輪部隊（車が入り込めない密林のなかを自転車に乗った兵隊が進んでゆく）の話、さらには、ゾウを使ったゾウ部隊の話が語られてゆく。

そのゾウが台湾に運ばれ、台北の動物園に入る。台北が米軍の空襲に遭ったとき、猛獣たちは殺された（日本の動物園で同じことが起きたことはよく知られる）。

ゾウの世話をしていた台湾人たちは、ゾウを殺させまいと、ひそかに地下室に隠す。このあたり、宮沢賢治の『オツペルと象』を思わせる。

ゾウはなんとか助かる。呉明益さんは、ゾウに関連してこんな興味深い話をしてくれた。子どものときに台北の動物園にゾウがいて、人気者だった。しかし、そのゾウがあるときから気が荒くなってしまった。

呉明益さんはいう。

ゾウは記憶のいい動物だ。戦時中、ゾウ部隊に狩り出され、仲間たちが次々に死んでいったことを覚えている。悲惨な記憶がゾウを襲ったのではないか、と。ゾウにも戦争後遺症があるのだろうか。

『自転車泥棒』には、ゾウの他にもオランウータンが愛しい生き物として描かれる。あるいは台湾の山に生息する蝶々。呉明益さんは、自転車だけではなく生き物にも深い愛情を持っている。植物にも詳しい。そして、森や蝶の絵を描く。その絵の一部を画像で見せてくれたが、素晴らしいものだった。

文学者であると同時に博物学にも詳しい。宮沢賢治に通じるところがある。

映画好きには興味深い箇所がひとつ。「ぼく」は、「ぼくの生年より古い映画『いそしぎ』」が好きなようで、その「DVDを持っている」。これはうれしい。

『いそしぎ』(*The Sandpiper*)は、一九六五年のアメリカ映画。ヴィンセント・ミネリ監督。エリザベス・テイラーが、カリフォルニアの風光明媚な海岸ビッグ・サーに住む孤高の画家を演じた。脚本はダルトン・トランボとマイケル・ウィルソン。ともに赤狩りでハリウッドを追われ、のちに復権した反骨の士。

『歩道橋の魔術師』と『自転車泥棒』の翻訳は、前述したように天野健太郎さん。なんということだろう、この十一月十二日、膵臓癌のために亡くなった。まだ四十七歳。天野さんが癌とは知らなかったので、訃報に接し、信じられない思いだった。次々にいい仕事をされ、これからますます活躍が期待されていた矢先、何よりも本人がいちばん無念だったことだろう。

台湾文化センターでの呉明益さんの講演は、天野さんへの追悼のコメントから始まった。

翻訳に当って天野さんは細部をきちんと押えた。わからないところがあると、そのつど作者の呉明益さんに問合せをした。中華商場の階段はいくつあったのか、子どもの机はどういう形状だったのか（ときに小説と関係のないことも）。呉明益さんはそのことに感銘を受けたという。

いい意味の職人気質である。細部をおろそかにしない。天野さんの訳文の良さは定評があった。まず読みやすい。といってくだけているわけではない。品がいい。はやり言葉はなるべく避ける。あくまでも平明端正。俳人でもあると知って、なるほどと思う。近年の翻訳家にありがちな「どうだ、うまいだろう」の、これみよがしのところがない。

あくまでも黒衣に徹している。いい訳は水のようだと言うが、天野さんの訳文も訳者の存在を感じさせない水のような透明感があった。『歩道橋の魔術師』が日本で評判になったのは何よりも天野さんの訳文の力が大きい。香港の作家、陳浩基の『13・67』（文藝春秋、二〇一七年）が評判になったのも。

私がはじめて天野さんにお会いしたのは二〇一五年、台北で。天野さんは聞文堂という日台文化交流のための会社を立ち上げていた。そのパートナー、エリーさんこと黄碧君《フォンビジュイン》さんを紹介してもらったことも大きい。

エリーさんのおかげで多くの出版社の編集者、作家、さらにその後、親しくなった社会学者の李明璁さんを知ることができた。

二〇一五年の台湾行きがとてもいい体験だったので、毎年、台湾に行くようになったが、これにはいつもエリーさんが同行してくれる。有難い。

天野さんには、大人《たいじん》の風貌があった。誰にでも信頼されていた。何よりも中国語が堪能だった。言葉のできない私にはそれが羨しかった。

二〇一五年、台北で拙著『マイ・バック・ページ』を翻訳出版（『我愛過的那個時代』）してくれた新経典文化の社長、葉美瑤さん、編集者の梁心愉さん、そして翻訳者の頼明珠《らいめいしゅ》さんに会ったとき、通訳してくれたのが天野健太郎さんだった。

あとで頼明珠さんが、天野さんが日本人だと聞いて、「あまりに言葉が上手なので、台湾人だとばかり思っていた」と驚いていた。そのことを天野さんに伝えると、大きな身体を縮こませて恐縮していた。


近年、台湾文学が日本でこれだけ受容されてきたのは、天野さんの大きな功績であることは誰もが認めることだし、個人的にも私が台湾のことが好きになったのは天野さんのおかげだと感謝している。


この季節、喪中葉書が届く。友人、知人、世話になった人たちが亡くなってゆく。私自身、来年、七十五歳の後期高齢者になるのだから仕方がない。

夏に元日銀総裁の松下康雄さんが亡くなった。大学生のとき、松下さんの息子さんの家庭教師をしていた。太郎君という中学生で、いわゆる「ストマイつんぼ」（ストレプトマイシンによる難聴）で耳が聞こえなくなり、若くして逝った。「ぼく、もう一度、モーツァルトを聴きたい」と言っていたのが忘れられない。松下康雄さんは、私が亡妻と結婚したとき、仲人をしてくださった。公安事件で逮捕され、新聞社を追われた人間の仲人をよくぞと感謝している。

十月には民主党政権で官房長官を務めた仙谷由人が逝った。大学の同級生。ストレート組だから一浪の私より一歳下。大学在学中に司法試験に受かった秀才だった。

壮年期に胃癌になり、胃を取った。その後、漢方医を頼って元気になった。亡妻が癌になったとき、その漢方医を紹介してもらった。

世話になった人たちが次々に逝ってしまう。いずれ自分の順番が来るだろう。

（「東京人」二〇一九年二月号）

荷風に倣って掃苔。

正月、都内にある荷風ゆかりのいくつかの寺に初詣に行く。

よく知られるように荷風には掃苔趣味があった。敬愛する亡き文人の墓を訪ね歩く。大正十三年発表の随筆「礫川徜徉記《れきせんしょうようき》」には、探墓、掃苔のひそかな楽しみが書かれている。

「何事にも倦果《あきは》てたりしわが身の、猶《なほ》折節にいささかの興を催すことあるは、町中の寺を過る折からふと思出でて、その庭に入り、古墳の苔を掃《はら》つて、見ざりし世の人を憶《おも》ふ時なり」

自分にはもう楽しみごとは少なくなったが、それでも町中を歩いて寺があると、探墓し、昔の文人のことを思う。それが数少ない興になると言っている。

『断腸亭日乗』を読むと、荷風は大正十二年の関東大震災のあとに、よく掃苔に出かけている。震災によって市中の各所が壊滅したあと、文人たちの墓がどうなったか気になったからだろう。またこの時期、敬愛する森鷗外の『澁江抽斎』『伊澤蘭軒』などの史伝を読み、江戸文人に関心を持つようになったためでもある。

東京の冬の良さは、青空がみごとなこと。日本海側の人には申し訳ないと思うほど、澄んだ青空が広がっている。

一月のはじめ、よく晴れた日、荷風が歩いた寺を訪ねることにする。まず行ったのは、日暮里の経王寺《きようおうじ》。JR日暮里駅の北口に出て、谷中方面に少し歩いたところにある。

『日乗』大正十三年四月七日。「午後日暮里経王寺に赴き森春濤《もりしゆんとう》の墓を掃ふ。本堂地震にて破損甚しかりしと見え、改築中なり」。

森春濤は幕末から明治にかけての漢詩人。荷風の父、久一郎は春濤に学んだ。その縁で荷風は興味を持ったのだろう。のち『下谷叢話』（大正十五年）で春濤の業績を紹介している。

春濤は尾張一宮の人。私の亡妻は一宮の産。以前、家内の実家に行ったとき、義父に教えられ、市内にある「森春濤宅跡」を見に行ったことがある。地元ではきちんと顕彰されている。経王寺には、残念ながら案内碑に記されていない。かわりに興味深いことが書かれている。上野の戦争のとき、この寺は、敗走する彰義隊の兵士をかくまった。ために官軍の攻撃を受けた。その銃弾の跡が山門に残っているという。なるほど、山門を見るといくつか穴が開いている。それが銃弾の跡か。

このあたり、徳川家の菩提所、寛永寺に近いだけに幕府びいきが多かったのだろう。薩長嫌いの荷風は、こういう寺を好ましく思ったのではないだろうか。

日暮里にはもうひとつ、印象に残る寺がある。駅のすぐ隣りの高台にある本行寺《ほんぎようじ》。山手線を見下ろす、下町一帯が眺められる。江戸時代には景勝の地で、「月見寺」と呼ばれていた。高台にあったので、戦国時代、太田道灌はここに物見台（斥候台）を置いたという。境内にはこの寺を訪れた一茶の句碑があり、こんな句が刻まれている。「陽炎《かげろう》や道灌どのの物見塚」。

荷風は『日乗』に本行寺のことは記していないが、この日、案内板を読んで、思いがけず永井家ゆかりの寺であることを知った。

寺には、永井一族のひとり、幕末に徳川慶喜を若年寄として補佐した永井尚志《なおゆき》の墓がある。尚志は江戸開城のあと、榎本武揚らと江戸を逃れ、函館で敗れた。明治二十四年に没している。ちなみに三島由紀夫は尚志の玄孫になる。こういう寺が日暮里にあったのか。

冬の青空はあくまでも澄んでいる。

日暮里から谷中、千駄木を経て白山に向かう。文京区のこのあたり、坂が多い。登ったり、下ったりする。さすがにつらい。

白山上の交差点の近くには、蓮久寺がある。通りから急坂を下ったところ。東洋大学のすぐ近くになる。

『日乗』大正十三年四月二十日にこうある。「午後白山蓮久寺に赴き、唖々子《ああし》の墓を展せむとするに墓標なし」。

「唖々子」は荷風の数少ない親友のひとり、井上唖々（精一）。高等師範付属中学時代の同級生。荷風は「礫川徜徉記」に「世に竹馬の交《まじわり》をよろこべるものは多かるべしといへども、子とわれとの如く終生よく無頼の行動を倶にしたるものは稀なるべし」と唖々のことを竹馬の友としている。若き日、共に吉原に遊んでいる。荷風は一高の受験に失敗したが、唖々は入学。しかし病を得て中退。以後、世捨人のような文人生活を送った。大正十二年に没している。

荷風は大正十三年四月二十日蓮久寺に行き、唖々の墓を探したが、墓標がなかった。現在、寺には案内板がなく、その墓は探せなかった。

蓮久寺の前の坂を上がると、白山神社がある。かなりの高台だから、昔は眺めがよかっただろう。白山信仰の研究で知られる前田速夫氏の新著『北の白山信仰 もう一つの「海上の道」』（河出書房新社）を読んだばかりだったので、白山神社に親しみを覚える。ちなみに、毎朝、善福寺川緑地を散歩しているが、川の近くにやはり小さな白山神社があり、手を合わせるのを日課にしている。

荷風は白山蓮久寺を訪ねたあと、白山下の本念寺へとまわり、「南畝先生」（大田蜀山人）の墓を掃い、さらに南へ下って金富町（現在の春日二丁目）の生家の前を通り、金剛寺坂を下って、「水道端に出で、江戸川端より電車に乗る」と一日の散策を終えている。現在の文京区春日二丁目から水道一、二丁目を歩き、江戸川橋に出ている。

そして翌々日、その散策の続きを試みる。

四月二十二日。「一昨日小石川を歩みてなつかしき心地したれば、今日もまた昼餉《ひるげ》を終りて直《ただち》に家を出で、小日向《こびなた》水道町日輪寺に往き老婆しんの墓を弔《とむら》ふ」。「老婆しん」は、永井家で長く働いた実直な女性。荷風は「しん」を大事に思い、『日乗』大正八年五月三十日に、しんが病没したとき、彼女の生涯を記し、追悼している。その「老婆」の墓を訪れている。

日輪寺は現在の小日向一丁目、水道端図書館の前に健在。その隣りの本法寺は夏目漱石ゆかりの寺で、境内には『坊っちゃん』のお手伝い、清の碑がある。作中人物の碑が作られているとは、人気作品ならでは。

日輪寺の先にある第五中学の前身は、黒田小学校。荷風と、さらに黒澤明監督が出たことで知られている。

日暮里からここまで歩いてくると、もう夕暮れどき。さすがに疲れた。ちょうど区内を走るミニバスが通りかかったので、これに乗って東京メトロ丸ノ内線の茗荷谷駅に出て帰った。

冬の一日、所用で松本に行く。

早目に東京を出て、昼前には用事をすませ、前から乗りたいと思っていたローカル私鉄、アルピコ交通上高地線に乗る。松本から上高地のほうに向かう一五キロほどのミニ鉄道。登山客によく知られている。大正十年の開業（翌年、島々駅まで延伸）。以前の名称は松本電鉄上高地線。

昨年（二〇一八年）出版した拙著『あの映画に、この鉄道』（キネマ旬報社）にも書いたことだが、若尾文子が富士見町あたりの芸者を演じた川島雄三監督の『女は二度生まれる』（一九六一年）に、この鉄道が出てくる。

男から男へと身をまかせる暮しに疲れた芸者、若尾文子が故郷の信州に帰ることになる。この鉄道に乗り、終着駅の島々駅で降り、一人、待合室に入るところで映画は終わる。

当時は、島々駅が終着駅だったが、一九八三年の台風による土砂災害で廃駅となってしまい、現在では一つ手前（松本寄り）の新島々駅が終着駅になっている。

松本から新島々までは約三十分。二両の電車には通学の学生が目立つ。新島々駅でまた同じ電車で松本に折り返す。少し待ち時間があるので外に出たら、駅前に、旧島々駅の山小屋風の駅舎が移築復元されていた。地元の人にも登山客にも親しまれていたのだろう。


松本の町を歩くのは久しぶりだが、再開発されているのか、町並みがきれいになっている。城下町で古い建物が数多く残っていて落着きがある。駅の近くの商店街に古書店を二軒、見つけた。さすが教育県の町。いい本が揃っている。

松本は「水の町」で、あちこちに井戸や湧水が残っているのも好ましい。松本市美術館に行ったが、松本は草間彌生の出身地で、美術館には草間作品が多く、さながら草間彌生美術館だった。あのカボチャや水玉模様を見ると、気分が明るくなる。こんなことをいうと美術ファンに怒られるかもしれないが、草間作品は、愛すべきおでぶのタレント、渡辺直美を思わせるものがある。

美術館に置いてあるちらしで、町から少し離れたところにある松本民芸館で「台湾とアイヌの工芸　衣装・木工・装身具」展が開かれていることを知った。「台湾」の文字に惹かれてバスに乗って松本民芸館に行ってみる。

民芸運動を提唱し、日本民藝館を創設した柳宗悦《むねよし》は、台湾とアイヌ民族の工芸品、衣装や木工品などの生活用具に関心を持った。柳を師と仰ぐ丸山太郎がその思いを受け継ぎ、台湾とアイヌ民族の工芸品を収集したという。台湾の原住民族とアイヌ民族との工芸品が、一緒に展示されているのはおもしろい。松本に来て「台湾」に出会えるとは。

一月五日、NHKBSテレビで、昨年ワルシャワで行われた第一回ショパン国際ピリオド楽器コンクールの模様を見る。古楽器による演奏のはじめての音楽祭。川口成彦という日本人の若者が二位に入賞した。東京藝大ではじめてフォルテ・ピアノを習ったというが、テレビに映っている先生は、愛聴している小倉貴久子さんではないか。これはうれしいことだった。

（「東京人」二〇一九年三月号）

清張の甲州好きの謎を解く。

久しぶりに甲府に行った。

何よりも驚いたのは東京と同じように青空が広がっていたこと。山に囲まれている町なので、曇天か雪かどちらかと思っていたのだが、真冬に青空。空気は東京より冷たいが、清冽で気持がいい。

そういえば甲府の西北に位置する北杜市明野町は、日本一日照時間が長く、広大なヒマワリ畑があるので知られる。甲府で冬、青空を見られるのは不思議ではないかもしれない。

甲府はこぢんまりしているのがいい。県庁所在地なのに人口が二十万人を切っている。県庁所在地で二十万人いっていないのは、鳥取と山口と甲府の三市。首都圏では珍しい。

春に「松本清張ミステリ」の本を出す予定でいる。何本か書き下ろしを書かなければならないので、今年に入って読み直している。

ひとつ気がついたことがある。

清張ミステリには山梨県がよく出てくる。例えば『ゼロの焦点』では、主人公の禎子が鵜原憲一と見合結婚し、新婚旅行に出かけるのは甲府の湯村温泉と昇仙峡。『波の塔』では人妻の頼子が、若い検事と不倫をし、お忍びで身延線沿線の下部温泉に行く。『黒い樹海』にはやはり身延線の波高島《はだかじま》が出てくる。

短篇「地方紙を買う女」の「地方紙」は「甲信新聞」という山梨県の新聞。やはり短篇「すずらん」には小淵沢駅、小海線が登場する。時代小説では短篇「甲府在番」、長篇『信玄軍記』が思い浮かぶ。

なぜ清張は、自分の故郷でもないのにこんなに山梨県を描いたのだろう。何か手がかりがあるかもしれないと、山梨県立文学館に行ってみた。

そこでひとつ、気になる図録を見つけた。二〇〇二年に同館で開催された企画展「松本清張と木々高太郎」展の図録。

どうしてこの二人が組み合わされるのか。図録を読んでわかった。清張は、先輩の木々高太郎の推薦で「三田文学」に「或る『小倉日記』伝」を載せ、これで芥川賞を受賞した。いわば清張にとって木々高太郎は恩人。その木々高太郎は甲府の出身。

なるほど、それで「松本清張と木々高太郎」なのか。清張の甲府好きの謎のひとつが解けた気がした。

山梨県立文学館は山梨県立美術館と隣り合っている。美術館はミレーのコレクションで知られる。開館四十周年になる。

開館当時、約二億円も出してミレーの「種をまく人」や「夕暮れに羊を連れ帰る羊飼い」を買ったことが報道されたとき、小さな県が大きな買物をと揶揄された。美術館設立に尽力した当時の知事はたしか次の選挙で、それが理由かわからないが落選した。

しかし、いまでは山梨県立美術館はミレーの絵のある美術館として人気が定着している。はじめてこの美術館に行ったのは開館四年目の一九八二年だった。よく覚えている光景がある。団体客とぶつかった。嫌だなと思った。ところが、誰もが静かに、食い入るようにミレーの絵を見つめている。どれも農民の日常生活を描いたもの。

「桶の水を空ける婦人」「落ち穂拾い、夏」「肥料を取り込む農夫」「ミルク粥」「耕す人」……どれも小さな版画だが、一枚一枚、丁寧に見ている。農家の人たちだったのかもしれない。

とくに母親が膝に抱いた赤ん坊にスプーンで粥を含ませている「ミルク粥」の前では、何人もの女性が立ちどまっている。おそらくフランスも日本も、農民の生活はどこでも同じだという親しみを感じたのではないか。日本でのミレー人気の秘密がわかる気がした。

美術館には日本の画家の絵もあった。なかでも憶えているのは日本画の川崎小虎《しょうこ》。

子供の頃、杉並区阿佐谷の家のそばに大きな原っぱがあり、そこでよく野球をした。隣に大きな家があり、時折りボールが飛び込んだ。そこが川崎小虎の家だった。無論、子供にはそれが高名な画家とは知らず「トラ、トラ、コトラ……」と家に向かってはやしたてたものだった。

中学校の美術の先生は川崎春彦といった（のち高名な日本画家になる）。川崎小虎の子供と聞いて驚いたものだった。中学三年生のときだったか、夏休みの宿題に近所の寺の墓を描いた絵を提出したら「はかを描くなんて、お前はばかだ」と怒られた。今にして思えば、その頃から掃苔趣味があったのに！

美術館でミレーの絵を見て、そのあと、タクシーで湯村温泉に行く。甲府駅から歩いても三十分足らずのところにある。町なかの温泉とは珍しいのでは。開湯は平安時代という。

ここに足を延ばしたのは前述したように松本清張の『ゼロの焦点』で、主人公の禎子（野村芳太郎監督の映画化作品では久我美子が演じた）が新婚旅行に出かけたところだから。また、あまり語られない面白い清張ミステリに『事故』があって、これにも登場する。興信所で働く女性が、調査対象者の会社重役を尾行し、若い女性と湯村温泉に行くのを突きとめるが、そこで殺されてしまう。

湯村温泉ははじめて。町なかの温泉地で、熱海を小さく、小さくしたようなところ。大きな旅館が数軒あるくらい。

正直、見るべきものはない。

夫婦で切りまわしている小さな中華料理店で餃子定食を食べたあと、あきらめて甲府駅に向かって歩いていたら、残りものに福があった。

坂の下に、「竹中英太郎記念館」の表示がある。えっ、竹中英太郎って、あの昭和モダンの画家⁉ 江戸川乱歩や横溝正史などの怪奇幻想小説に妖美な絵を添えたあの画家⁉ 私などの世代の人間には、映画評論家として活躍した竹中労の父親としても知られる。

さきほど買い求めた山梨県立文学館の図録「松本清張と木々高太郎」にも、昭和十年代に活躍した挿絵画家として竹中英太郎の絵が紹介されている。

その竹中英太郎の記念館がどうして湯村温泉にあるのだろう。興味を覚え、山裾にある記念館に急坂を登って行ってみた。小さいが愛情のこもった素晴しい記念館だった。

竹中英太郎は明治三十九年、福岡市の生まれ。昭和十年代、横溝正史や江戸川乱歩、夢野久作の作品の挿絵を描き、名を成した。

なぜ甲府の湯村温泉なのか。夫人が甲州の出身で、その縁で戦時中に、甲府市に疎開し湯村温泉に住んだのだという。

「竹中英太郎記念館」は決してご大層な美術館ではない。竹中英太郎が暮した家を改良した個人美術館。個人の家のアトリエにお邪魔したような、くつろいだ気分になる。竹中英太郎の娘さんで、竹中労の妹になる紫《ゆかり》さんという美しい女性が、コーヒーでもてなしてくださる。恐縮してしまう。

立派な美術館が多いなか、こういうこぢんまりとした美術館は好ましい。

小さな美術館といえば、群馬県の大川美術館がある。松本竣介のコレクションで知られる。地元出身の企業人大川栄二氏が、まだ広く名の知られていなかった松本竣介の絵を集め、個人で美術館を設立した。

「竹中英太郎記念館」と同じように山裾にあり、行くのに急坂を上らなければならないのが高齢者にはつらいが、小さな美術館では、最良ではないだろうか。

大川美術館のある桐生市は、ローカル鉄道の雄、わたらせ渓谷鐵道の起終点があり、鉄道好きにとっては親しい町。

先だって、その大川美術館から、松本竣介没後七十年、大川美術館開館三十周年記念企画「松本竣介 読書の時間」の図録を送られた。これが面白い。

松本竣介は、他の多くの画家のようにパリに留学していない。ニューヨークにも行っていない。いわば独学。にもかかわらず絵はモダン。その秘密はどこにあるのか。

手がかりのひとつに、手製のスクラップ・ブックがある。竣介は、昭和十年代の新聞や雑誌のなかから目に留めた写真や絵を切り抜いて整理していた。その数、二十七冊にも及ぶ。

マチスの絵。「朝日新聞」に、昭和十一年に連載された「東京の風情」というタイトルのモダン都市東京の街頭スナップ。さらに建物、橋、掘割の風景、映画のスチルや女優（田中絹代、ベティ・デイヴィス、マレーネ・ディートリヒ）など。

松本竣介の都市の絵のなかには、コラージュのようにモダンな人物が描きこまれているが、その基となったのは、この丹念に作られたスクラップ・ブックにあるのではないか。

山梨県のなかの好きな駅に、中央本線の春日居町駅がある。無人駅。急行はとまらない。桃畑のなかにあって、春は風景が素晴しい。

山下敦弘監督の『もらとりあむタマ子』(二〇一三年)では、甲府のスポーツ店(甲府駅の北口の朝日町あたりにある)の娘、前田敦子が自転車でこの駅の脇を走る。

春日居町駅で降りると、目の前に富士山が見えるのだが、静岡県で見るような裾野まで広がる堂々たる秀峰ではなく、手前の山々の上に少しだけ頭を出した小さな富士山。一瞬、富士山とはわからないほど。いわゆる「裏富士」。

戦後社会の敗者を描いた松本清張が山梨県を愛したのは、この「裏富士」のゆえかもしれない。

正月に日暮里の寺をめぐったとき、日暮里駅近くの経王寺の山門に、敗走する彰義隊に向かって撃たれた銃弾の跡が残されているのに驚いた。

そのあと、「東京新聞」の読者の短歌欄を見ていたら、こんな歌があった。

「逃れたる彰義隊士に　撃ちかけし　弾の跡ある日暮里の寺」

(「東京人」二〇一九年四月号)

林芙美子ゆかりの町、直方に行く。

久しぶりに山陽本線の旅をした。月刊誌「サライ」の仕事。

下関で旅を終え、そのあと小倉に出る。

夜、小倉の知人、林芙美子の研究家である北九州市立文学館の館長の今川英子さん、戦前から続く映画館、小倉昭和館の現在の館主、樋口智巳《ともみ》さんらと旧交を温める。

小倉で寄る店は決まっている。「武蔵」。駅前の商店街（小倉魚町銀天街）にある。昭和二十八年創業、北九州でも有数の居酒屋として人気がある。幸い、地元の樋口さんが席を確保しておいてくれたので、おいしい酒を楽しんだ。

この日、はじめて食べたのは北九州料理のゴマサバ。サバをゴマで和えてある。

実は、前から食べてみたかったが、東京では見たことがない。

ゴマサバを知ったのは山田太一のドラマ「大丈夫です、友よ」（深町幸男演出、フジテレビ、一九九八年）で。

東京でアパレルの仕事に失敗した藤竜也が、故郷福岡県の玄界灘に面した津屋崎に帰る。自殺しようとする。しかし、町で偶然、小学校の同級生、市原悦子に会い、その明るい生活力を見て、死を思いとどまる。

このドラマにゴマサバが出てくる。市原悦子の娘、深津絵里は学校を卒業して東京に出て、小料理屋で働いた。店に藤竜也が来たとき、ゴマサバを作って出した。同郷だとわかり、藤竜也の会社で働くようになる。

ドラマそのものもよかったが、以来、ずっとゴマサバが気になっていた。今回、「武蔵」で思いがけずゴマサバを食べることができた。樋口智巳さんによれば、北九州の郷土料理だが、店によって作り方、味はさまざまなのだという。キムチが家によって味が違うようなものか。「武蔵」のゴマサバは、サバを細く切ってゴマで和えたもので、格別おいしかった。


小倉で一泊し、翌日、北九州を走るローカル私鉄、筑豊電気鉄道（筑電）に乗りに出かける。鹿児島本線の黒崎駅（小倉と博多のあいだ）と筑豊本線の直方《のおがた》（折尾と飯塚のあいだ）を結ぶ（筑電の駅名は筑豊直方）。全長一六キロほどのミニ鉄道。東京でいえば京王井の頭線や都電荒川線にあたるだろうか。

北九州の郊外電車の趣きがある。以前は、沿線に八幡製鉄所の社員がよく住んだという。また途中の中間町《なかま》（現在の中間市）は、高倉健の出身地。

始発の黒崎駅前駅は、JRの黒崎駅の大きな高架駅の下に付随してある。路面を走るのかと思ったら専用軌道になっている。車両は二両。男性の車掌がいるのに驚く。ゆとりがある。

この筑電が登場した映画がある。

綾瀬はるかが中学校の先生になる『おっぱいバレー』（二〇〇九年、羽住英一郎監督）。やる気のないバレー部の男の子たちに「勝ったらおっぱい見せる」と鼓舞して、ひと騒動が起るユーモラスな青春映画。

最後、綾瀬はるかは騒ぎの責任を取って、学校（北九州市戸畑区にある）を辞める。筑電に乗って町を去ってゆく。電車が遠賀《おんが》川《がわ》を渡るとき、窓の外を見ると、男の子たちが土手の上で手を振って見送っている。小さなローカル鉄道らしい微笑ましい別れの場面だった。

電車はごとごと住宅地のあいだを走り、やがて九州の炭鉱地帯を流れる遠賀川の鉄橋を渡る。川を越えると終点の筑豊直方駅に着く。黒崎駅前駅から約一時間。駅は高架駅。まわりに大きな建物がないのでひときわ目立つ。

筑電の筑豊直方駅とJR筑豊本線の直方の駅は一キロほど離れている。町はそのあいだにある。商店街がいくつかあるが、シャッターを下ろしている店が多い。どこにでも見られるようになったシャッター通り。

それでも、ところどころにレトロな建物が残っている。銀行、医院、酒造店（レンガの建物）で、石炭産業が盛んだった時代のにぎわいが偲ばれる。

九州レイルウェイショップという鉄道模型店もある。レンタルレイアウト（ジオラマ）は九州最大級だという。炭鉱が盛んだった時代、北九州は石炭を運ぶ鉄道が発達していた。それで鉄道ファンが多いのかもしれない。

四年ほど前、『「男はつらいよ」を旅する』（新潮選書、二〇一七年）の仕事で沖縄に行ったとき、那覇市の与儀公園に大きなＳＬが静態保存されていた。沖縄になぜＳＬがと不思議だった。

案内板を見ると、こう説明されていた。一九七二年、沖縄の本土復帰のとき、沖縄の小学生が当時の国鉄職員によって、現在の北九州市に招待された。そこではじめてＳＬを見て感動した。そこで国鉄の職員が沖縄の子どもたちにＳＬを贈ったのだという。北九州と沖縄が鉄道で結ばれている。

直方駅の近く、鉄道線路に沿った高台に、明治時代に建てられた建物を利用して筑豊炭田百年の歴史を伝える直方市石炭記念館があるが、その建物の前には往時、石炭を運んだＳＬが静態保存されていた。石炭の町は、鉄道の町でもあった。

昭和二十年、福岡県八幡生まれの作家、村田喜代子の自伝的小説『八幡炎炎記《やはたえんえんき》』（平凡社、二〇一五年）によると、戦後、石炭が黒ダイヤと呼ばれた時代には、直方は景気がよかったらしい。

「産炭地は（製鉄所のある）八幡よりも景気が良い。八幡製鐵所は官営から始まった会社だが、筑豊炭田地帯では個人の炭鉱王たちが巨万の富を得た。それにあやかった『成金饅頭《なりきんまんじゆう》』なる銘菓もある。これから行く直方は、そんな炭鉱王たちが遊ぶ町でもある」

「（直方の）駅を降りると、町並の空に幾つも鯉幟《こいのぼり》が泳いでいた。旧家の多い通りを行くと、職工の町の八幡と違い、直方の鯉幟は軒並み大きかった」

石炭の時代の直方の活気がうかがえる。

商店街の一角に公園があり、そこに碑がある。よく見ると林芙美子の文学碑で「私は古里を持たない　旅が古里であった」と『放浪記』の文章が刻まれている。

自伝的作品『放浪記』によれば、「私」は十二歳の頃、行商人をしている母と養父と三人で木賃宿で暮していた。両親は炭坑夫を相手に商売をした。

「私」はそれまで両親と旅暮しだったから、小学校を転々とした。長崎を振出しに、佐世保、久留米、下関、門司、戸畑、折尾と四年の間に七度も学校を替った。友だちはできなかった。とうとう「お父つぁん、俺アもう、学校さ行きとうなかバイ……」と学校へ行くのをやめてしまった。

そして直方の町では、両親について行商をするようになった。

「そのころの私はとても元気な子供だった」「私は父が仕入れて来た、扇子や化粧品を鼠色の風呂敷に背負って、遠賀川を渡り、隧道を越して、炭坑の社宅や坑夫小屋に行商して歩くようになった」

林芙美子は大人になっても身長一四三センチと小柄だったが、その頃はもっと小さかっただろう。そんな子どもが大人と同じように風呂敷を背負って、直方の町を行商に歩く。まさに「そのころの私はとても元気な子供だった」。

昼に、洋食店で、直方B級グルメという「焼きスパゲッティ」を食べ、帰りは筑豊本線直方駅からＪＲ経由で小倉に戻った。

　直方駅前には、地元の英雄、元大相撲の魁皇の銅像が建てられている。横綱にはなれなかったがいい力士だった。

　直方駅は、以前の明治四十三年に建てられた木造駅舎に替わって、新しくなっていた。殺風景なビルではなく、昔の駅舎の面影を残すいい駅舎だった。

　そういえば、前日、尾道に泊ったが、三月に開業予定の尾道の新駅舎も、趣きのある日本家屋風の駅舎だった。

　今回の旅では行く時間がなかったが、門司港駅も、六年間に及ぶ保存修理工事を経て、三月に新装オープンする。大正三年に建てられた当時の姿を再現しているらしい。今度、見に行こう。


　房総半島、旭の町に、九十九里に面して「かんぽの宿 旭」がある。海に接している。十階建て。まわりに他に高い建物がないので、眺めがいい。各部屋はオーシャンビューで、目の前に太平洋が迫る。

　公共の宿なので料金は手頃。料理が思いのほか、おいしい。好きな宿でよく行っていたのだが、東日本大震災のあと、海を見るのが怖くなり、しばらく足が遠ざかってしまっていた。震災から八年目になる三月十日と十一日、久しぶりにこの宿に泊った。

　あの三月十一日、津波に襲われ、一階などが被害を受け、しばらく休業していたという。その後、再開した。前と同じいい雰囲気だった。

ホテルは被害を受けたが、周囲は無事だったという。唯一の高い建物であるホテルが津波の防波堤になったのだろうか。隣りの飯岡町（現・旭市）では死者が出た。

このホテルはシングルでも部屋が広いのがありがたい。ここに行くときはしばらく仕事のことを忘れ、十階の展望風呂に入り、ビールを飲み、食事をし、ミステリを読んでくつろぐことにしている。

公共の宿だから、食事は部屋ではなくレストランでする。これもさっぱりして気持いいのだが、一人客は私ぐらいしかいないので、いささか恥しい。

ウェイトレスさんに「あれ以来、海が怖くなって来られなかった」と弁解すると、「私たちもそうだったんですが、働くことで忘れています。また来てください」と笑顔だった。

東北だけではなく房総のことも忘れまい。

（「東京人」二〇一九年五月号）

「長寿建築」が残る町、山形県長井を歩く。

四月に入って、もう雪はないだろうと、山形鉄道フラワー長井線に乗った。

山形県の中部、置賜《おきたま》地方を走るローカル鉄道。もとの国鉄長井線。一九八八年に第三セクターになった。

奥羽本線・山形新幹線の赤湯と荒砥《あらと》を結ぶ。全長約三〇キロの盲腸線は、二〇〇四年に公開された映画『スウィングガールズ』（矢口史靖監督）に登場して広く知られるようになった。地方の高校生たち（上野樹里、貫地谷しほり他）が「ジャズやるべ！」と、ジャズの演奏を始める愉快な青春映画。彼らが乗っていたのがフラワー長井線だった。

田園地帯を走るため沿線は花にあふれている。桜や菜の花だけではない。果樹の花や蕎麦の花も咲く。「あやめ公園」という駅もある。

「フラワー長井線」の「長井」は、沿線の大きな町として長井があるため。長井市は、現在、人口約二万七千人。古くは長井紬で知られていた。現在は工場が進出している。

この鉄道には何度か乗っているが、実は長井には降りたことがなかった。以前から気になる町ではあったが、機会がなかった。

先日、いつも着物姿の吉村美栄子知事の看板がにこやかに迎えてくれる銀座一丁目の山形県のアンテナショップに行くと、長井市の観光ガイドブックが置いてある。見ると、これが充実している。さらに隣にはその英語版もある。力が入っている。これはぜひ行かねばと四月を待ってフラワー長井線に乗った。

葡萄と温泉の町、赤湯の駅までは新幹線。そこで乗り換える。二両の気動車。ロングシートなのが旅行者には残念だが。

平地では雪は消えているが、車窓から見える飯豊《いいで》、朝日連山はまだ雪をかぶっている。桜はまだだが、梅が咲き始めている。途中、ＪＲ米坂《よねさか》線との接続駅、今泉駅を通る。紀行作家、宮脇俊三が昭和二十年八月十五日の玉音放送を、この駅前で聞いたことは鉄道ファンにはよく知られている。

荒砥から三十分ほどで長井駅（大正三年開設）に着く。主要駅。島式ホームになっている。無人駅ではない。駅舎は木造。駅舎は昭和十一年に改築されたまま。近くの農家が作った野菜がたくさん置かれているのがローカル鉄道らしい。売店の運営が「ど田舎停車場の会」というのが愉快。待合室にはいまだに『スウィングガールズ』のポスターが貼ってある。

駅を出ると商店街だが、御多分に洩れずにぎやかとは言えない。シャッターの下りている店もある。

ここでもかと寂しい気持で町なかに入ってゆくと、徐々に印象が変わってゆく。なによりもまず、あちこちに古い明治や大正、昭和初期の建物、「長寿建築」（＊）が残っていることに驚く。

はじめに現れたのは、小桜館《こざくらかん》という木造二階建ての洋風の建物。文明開化期を思わせる。明治十一年（一八七八）に建てられたというから百四十歳を超える。ふだんよく利用している中央線の中野駅が今年（二〇一九年）、開業百三十年を謳っているが、それより古い。

往時は郡役所だった。日本の建物しか作ったことのない大工が、見よう見まねで西洋風の建物を作った。山形県でいちばん古い郡役所だという。こういう建物がまだ残っているとは。現在では催事場になっている。

次に現れたのは、やはり洋風二階建てのベランダの付いた建物。マンサード風の屋根にドーマー窓が三つ付いている。

昭和二年に建てられた桑島眼科医院の建物。まさに昭和モダン。平成に入って取り壊されようとしたとき、市民の運動によって移転保存された。いいことだ。現在は、桑島記念館と銘打たれている。

次にまた現れた赤い屋根の二階建ての洋館のみごとさにも驚く。二階部分はハーフティンバーになっていてロッジ風。さらに感動するのは屋根に大きなドーム状の望楼が付いていること。江戸川乱歩の小説に出てくる西洋館のようだ。昭和六年に建てられた病院の建物だという（旧小池医院）。

町を歩いていると次々に長寿建築に出会う。歴史のある町だからストックが豊富なのだろう。造り酒屋があるし、醬油造りの店もある。美術館もある。そうかと思うと茅葺屋根の商家も残っている。蔵のある店も多い。

町全体が博物館のよう。歩いていいてわくわくしてくる。長井は、最上川の舟運の町として江戸時代から栄えた。米沢藩の物資をここまで陸路で運んだ。そして長井から最上川を船で下り、酒田港まで運んだ。現在、市内の「道の駅」の名前は「川のみなと」になっているが、長井はまさに川の港町として発展していった。

最上川沿いの町だから、町なかにはあちこちに小さな川や水路が流れている。この季節、雪どけ水だろうか、水量豊かで水もきれい。川沿いには、市内では数少ない高い建物がある。おしゃれなシティホテルで、当時の皇太子御夫妻も泊まられたという。

このホテルの近くを歩いていたら、また古い、美しい建物に出会った。林のなかに木造二階建ての洋風建物が建っている。柱や窓枠の白が赤い板壁によく合っている。

昭和八年（一九三三）に建てられた旧長井小学校。現在は小学校としては使われていないが、建物がいいので再生利用しようと改装された。ここでも市民の寄付金が役立った。この町の人たちは、古いものに誇りを持ち、残そうと努力している。まさに「古いものは美しい」。四月にはリニューアルオープンし、さまざまな文化活動に利用されるという。

正門の前に石碑がある。「大樹を仰いで後人を待つ」と刻まれている。校長先生が建てた碑で、イギリスの詩人、トマス・グレイ（一七一六～七一）の言葉だという。木が、先輩と後輩を繫いでゆくという意味だろうか。グレイは『墓畔の哀歌』の作者で、日本では早くから知られていた。その名が山形県の小さな町に残されているとは。この町の文化の厚味に触れた思いがする。

山形県は、意外なことにラーメンの消費量が多いことで知られる。おやつに食べたり、来客に出したりする。日常の暮しのなかにラーメンがある。

町を歩いていて、きれいな和風の建物のラーメン屋があったので、そこで遅い昼をとる。さっぱりした和風ラーメンでおいしい。

人気店で、先客と相席になる。中年の夫婦が老いた母親と三人連れで来ている。母親は九十歳くらいだろうか。お元気でラーメンをおいしそうに食べている。

さすがラーメン王国、山形県。あとでまた町を歩いたとき、洋菓子店でラーメン・ケーキなるものが売られていて驚いた。ケーキの食材でラーメンを作っている。山形県ならではだろう。

腹ごしらえをしてまた町を歩く。

こんど訪ねたのは明治や昭和初期よりもっと古い建物。「丸大扇屋」という江戸時代から続いた呉服商の家。時代の年輪を感じさせる黒光りする柱や天井の梁が美しい。

現在はもう店じまいしているが、建物や庭はきちんと保存されている。さらに、庭を抜けると「長沼孝三彫塑館《ちょうそ》」という小さな美術館がある。

なんだろうと思って入ってみる。

長沼孝三（一九〇八～九三）は、この町出身の彫刻家で、豪商「丸大扇屋」に生まれたという。

恥しいことに、この人のことを知らなかった。

美術館に展示されているその作品を見ているうちに、あの彫刻を作った人なのかと懐かしく思い出した。

東京の上野駅東口のロータリーに、以前、母親が肩のあたりに赤ん坊を抱いた像が立っていた。上野といえば、終戦後、戦争で親を失くした幼い子どもたちが多く暮した。この像は、その浮浪児と親たちを慰藉するために作られた。

「愛の女神」という昭和二十四年（一九四九）に建てられた像。この作者が、長沼孝三だという。思いがけないところで、長井と東京がつながった。「長沼孝三彫塑館」によれば、この像は昭和六十年、新幹線工事のときに、工事の車によって壊されてしまったという。


この日は、日帰りの予定だったので、充分に町を歩けなかった。今度、一泊して、古い建物をゆっくり見て回ろう。

町を歩いてささやかなことだが、気がついたことがある。町の各所の案内板が実によく作られていること。古い建物のところにはその歴史がきちんと書かれている。観光パンフレットも充実している（前述したように英文パンフレットもある）。町のやる気を感じさせる。長井がこんなにいい町とは。寒河江《さがえ》といい、左沢《あてらざわ》といい、私自身、山形県とは相性がいいようだ。

夕方、長井駅に戻った。下りの列車を待つあいだ「ど田舎停車場の会」の運営する売店を見ると、拳玉がたくさん置いてある。さまざまにペインティングされてカラフル。長井市は、競技用の拳玉を作るメーカーがあり、日本一の生産量なのだと知った。

外国人の女性ピアニストで、いまいちばん好きなのは、カナダ出身のアンジェラ・ヒューイット。三年前に、そのバッハを聴いて魅了された。

ヒューイットは現在、「バッハ・オデッセイ」というプロジェクトを行っている。四年間にわたってロンドン、ニューヨークなど世界の各都市で、バッハの鍵盤音楽のすべてを演奏する。幸い東京も含まれていて、毎年、来日する。

三月、紀尾井ホールでの演奏会に行く。この日は「トッカータ全曲」。二階のバルコニー席だったので、音楽と同時に美しいピアニストの演奏のさまを身近に楽しむことができた。

（「東京人」二〇一九年六月号）

＊筆者注　「長寿建築」は、私の兄で建築家の川本明生の造語。明治から昭和初期に建てられたもので、今なお実際に使用されている建物のこと。

清張ゆかりの宿と、荷風のこといくつか。

この三月、清張論集『東京は遠かった　改めて読む松本清張』（毎日新聞出版）を出した。

これまでさまざまなところで松本清張について書いてきた。フリーの編集者、山田英生さんが「それを一冊にまとめて、清張についての本を作りませんか」と提案してくれた。なるほどそういう本の作り方があったかとうれしく驚いた。

清張作品はいわゆるトラベル・ミステリの先駆で、鉄道好き、旅好きには魅力がある。清張ミステリの多くは若い頃から、鉄道の旅の車中で読んだ。『男はつらいよ』を見ると渥美清演じる寅の旅した土地を歩きたくなるように、清張ミステリを読むと舞台になった土地に行きたくなる。『砂の器』の亀嵩《かめだけ》（島根県）、『ゼロの焦点』の能登半島、「地方紙を買う女」の甲府、「張込み」の佐賀などなど。

以前から行きたいと思っていたところがある。『Dの複合』に出てくる丹後（京都府）の木津《きつ》温泉。有名な温泉地ではない。これまでなかなか行く機会がなかった。

三月、本が出た直後に、ある試写室で偶然、映画評論家の西村雄一郎さんに会った。西村さんの実家は、佐賀市にある老舗旅館。『張込み』が昭和三十三年（一九五八）に松竹で野村芳太郎によって映画化されたとき、多くの場面が佐賀市でロケされた。撮影スタッフは西村さんの実家の旅館に泊った。

その縁で西村さんは松本清張をよく読むようになったという。久しぶりに試写で会うと、開口一番、西村さんがうれしそうに言った。「このあいだ木津温泉に行ってきました。いいところでしたよ」。

それを聞いて、すぐにも出かけたくなった。本が出たあとの骨休めの意味もあった。

大型連休の前に木津温泉に出かけた。

新幹線で京都まで行き、そこから山陰本線で豊岡へ。そこで京都丹後鉄道に乗り換える。朝早く東京を出たので豊岡に着いたのは昼前。時間の余裕があったので町を歩いてみた。はじめての町。兵庫県になる。人口約八万五千人の豊岡市の中心地。

豊岡といえば現在、コウノトリの町として、また鞄の町として知られる。日本一の鞄の生産地を謳っている。地場産業を持っている町は落着いている。鉄道と地場産業があれば強い。

町には鞄の店や工房が並ぶ二〇〇メートルほどの「カバンストリート」がある。江戸時代、町を流れる円山川の流域に自生するコリヤナギを使って行李などを作ったのが始まりで、それが鞄へ発展したという。

町を歩くと、あちこちにモダンな建物が残っている。前回歩いた山形県長井市の「長寿建築」ほど古くはない。昭和モダンの雰囲気。公共の建物だけではなく、商店にも残っている。どうしてこんなに多いのか。

案内表示を読んで納得した。

兵庫県北部（但島《たじま》）は大正十四年（一九二五）五月二十三日に大地震があった。死者四百名余が出た。いわゆる北但大震災。豊岡も大きな被害を受けた。

そのあとの復興に際して、耐火建築が多く建てられた。そのモダンな復興建築群が現在も残っている。東京でいえば、大正十二年の関東大震災のあとに建てられた西銀座の復興小学校、泰明小学校や、隅田川に架かる清洲橋がいまも健在なのと事情が似ている。


豊岡から京都丹後鉄道の宮豊《みやとよ》線に乗る。宮津と豊岡を結ぶ。国鉄時代の宮津線。現在、第三セクターになっている。一両だけの気動車。沿線には与謝野鉄幹の父礼厳《れいごん》の出身地、与謝野。野球の野村克也の出身地、網野がある。天橋立があるのでも知られる。

木津温泉は、豊岡から五つ目の夕日ヶ浦木津温泉駅で降りる。

松本清張の『Dの複合』（昭和四十三年）では、作家が旅の雑誌から連載を依頼される。テーマは「僻地に伝説をさぐる旅」。僻地への旅に民俗学の味を加える。

若い編集者が最初に選んだのは木津温泉。作家自身、聞いたことがなかった。丹後の網野町にある「無名の湯治場」だという。作家のほうは、どうせ山陰方面に行くなら城崎温泉がいいと言うのだが、編集者は城崎温泉など「俗化」しているうえ、さまざまな雑誌で紹介されているから新鮮味がない、とあえて「無名の湯治場」を選んだ。それにこのあたりには、浦島伝説と羽衣伝説も残っている。

そして作家と編集者は木津温泉に出かけてゆく。京都から福知山、宮津経由で五時間かけてやっと「丹後木津」（当時は宮津線。昭和六年開設）に着く。

寂しい駅で「付近を見回すと、山と狭い田園ばかりで、町らしいものは見えなかった」。編集者は「浦島館」という、このあたりで一番いい宿を見つけてくる。


この宿が「ゑびすや」。現在は新館が建てられている。『Dの複合』を読むと、ひなびた宿の感じだが、現在の建物はきれいで清潔だし、源泉かけ流しの温泉も気持がいい。

何よりも素晴らしいのは、昭和四十年初夏に清張が泊った旧館（昭和五年の開業）を当時のままに残していること。清張はこの宿を気に入り、二ヵ月間滞在し、『Dの複合』を書いた。宿では、そのことを大事にしていて、清張が泊った部屋もきちんと残している。

観光地ではない。田園のなかに建つ湯宿。窓からは田圃が見える。蛙の鳴き声が聞こえてくる。清張は、静けさが気に入って二ヵ月も滞在したのだろう。丹後にこんないい宿があったとは。


翌日、行きと同じではつまらないので、宮津から東舞鶴に出て、そこで小浜線に乗り換え敦賀へ。そこから米原に出て新幹線で帰った。

途中、小浜で降りて町を歩く。「海のある奈良」と言われるほど寺が多い。「いれものがない両手でうける」で知られる自由律句の放浪の俳人尾崎放哉《ほうさい》（一八八五〜一九二六年）は、大正時代に小浜の常高寺という寺の寺男になっていたことがある。

以前、月刊誌「太陽」（平凡社）で放哉を辿る旅をした。小浜にも行った。海があって寺がある。鉄道が走っている。いい町だった。放哉の小浜時代の句に「海がよく凪いで居る村の呉服屋」があるが、この日も小浜の海は静かだった。

小浜線は田園のなかを走る。ちょうど田に水を入れたばかり。列車はその水のなかを走ってゆく。毎年、田植えが終ったばかりの田の風景を見に水郡線や小湊鉄道などのローカル線に乗りに行くが、田植えが始まる直前の水を張ったばかりの田が続く「水景」もいいものだとはじめて知った。


四月、新宿の紀伊國屋サザンシアターで劇団民藝公演の『新・正午浅草―荷風小伝』（吉永仁郎作、演出）を見る。

私は見ていないが、以前、山田吾一が一人芝居で演じたことがある。「新」とあるのはそれを踏まえているようだ。

『正午浅草』でわかるように、晩年の市川時代の荷風を描きながら、それに過去の銀座のカフェ時代、玉の井通いなどをからませてゆく。

荷風を演じる水谷貞雄が八十五歳という高齢なのに驚く。荷風没年の七十九歳を上回っている。作、演出の吉永仁郎は八十九歳という。「老いの荷風」を描くには、そのくらいの年齢の積み重ねが必要かもしれない。

感心したことがひとつある。

音楽に「月の光」などドビュッシーの曲を使っていたこと。

意外に思われるかもしれないが、荷風は日本でもっとも早くドビュッシーを紹介した文学者。明治四十一年（一九〇八）に「早稲田文學」に発表した「西洋音楽最近の傾向」のなかで、詳しくドビュッシーを紹介している。日本ではまだ知られていなかった頃で、荷風が最初のドビュッシー紹介者といってもいいのではないか。『新・正午浅草―荷風小伝』は、それを踏まえてドビュッシーの曲を使ったのだろう。

NHKラジオの「ラジオ深夜便」に出演する。もう高齢者なのでテレビやラジオの仕事は遠慮しているが、テーマが荷風だったので出演する。

録音の当日、うれしいサプライズがあった。ディレクターの女性が、NHKのアーカイブに荷風の音声が残っていたと、そのテープを紹介してくれた。

いつ録音されたものか不明なのが残念だが、荷風が自分で『断腸亭日乗』昭和二十年八月十五日、疎開先の岡山県で終戦の日を迎えるくだりを朗読している。

その声が若々しいのに驚く。はじめ誰か、俳優が朗読しているのかと思ったほど。NHKにこういう貴重なものが残っていたとは。

国立映画アーカイブの学芸員、笹沼真理子さんから荷風の貴重な資料を送ってもらう。「映画之友」昭和十三年八月号に載ったインタヴュー記事。はじめて見る。

ちょうど荷風作のオペラ『葛飾情話』が上演されていた頃、インタヴュアー（大塚和、のちの『キューポラのある街』などの映画製作者）はオペラ館に荷風を訪ねる。

荷風は映画についてはあまり見ないのでよく知らないと言いながら、実に愛想よく答えている。記者嫌いの荷風にしては珍しい。

さらに驚くのは、写真にも気軽に応じ、ピアノの前で「こんな具合でいいですか」と自らポーズを取る。その写真が掲載されているが、にこやかで、そして実に若々しい。

荷風が狷介で人間嫌いというのは、作られた伝説ではないかと思ってしまう。


（「東京人」二〇一九年七月号）

高座の台湾少年工と呉明益。

小田急線の座間の駅にはじめて降りた。

思ったより小さな駅。特急などはとまらない。駅前には商店がいくつかあるが大きなビルはない。交番で芹沢公園の場所を聞く。歩くと一時間くらいと聞いて歩き始めたのだが、これが結構大変だった。

このあたりは丘陵地帯に開けた住宅地で、いたるところに坂がある。上り坂、下り坂が続く。しかも長い坂が多い。

一時間も歩くとへとへとに疲れる。それだけにようやく芹沢公園に着き、草地のなかにその碑を見つけたときは、ほっとした。

碑は「台湾少年工顕彰碑」。

昨年（二〇一八年）、日本と台湾の交流会の手で建てられた。戦前、この地は高座《こうざ》と呼ばれ、昭和十八年（一九四三）に海軍の工場（高座海軍工廠）が建てられ、海軍の戦闘機が作られた。

海軍では、労働力不足を補うため、台湾の少年たちを工員として動員した。これが「台湾少年工」。工場には一万人ほど働いていたが、うち八千人は台湾少年工だったという。平均年齢十四、五歳の幼い少年たちだった。彼らは、アメリカの爆撃機B29を迎え撃つ迎撃戦闘機、雷電の製造に携わった。

碑によれば、ここで働いた日本人には、若き日の三島由紀夫や、戦後、「フジヤマのトビウオ」と呼ばれた水泳の古橋広之進がいたという。

座間には、戦前、市ヶ谷にあった陸軍士官学校が移転してきている。小田急線の座間のひとつ手前（東京寄り）の相武台前の駅名は、戦前は士官学校前と言った。三島の最期を思うと不思議な縁を感じさせる。

高座の海軍工廠のこと、そこで働いていた台湾少年工のことを知ったのは、台湾の作家、呉明益の長篇小説『自転車泥棒』（文藝春秋、二〇一八年）によって。昨年、亡くなった天野健太郎さんが翻訳した。やはり天野さんが翻訳し、日本でも評判になった連作短篇集『歩道橋の魔術師』（白水社、二〇一五年）に続くもの。

この『自転車泥棒』のなかで呉明益は書いている。父親は戦時中、高座の海軍工廠で働いていた、と。

昨年末に出版された台湾の作家たちの日本旅行記のアンソロジー、呉佩珍、白水紀子、山口守編訳『我的日本　台湾作家が旅した日本』（白水社）に収められた呉明益の随筆「金魚に命を乞う戦争——私の小説の中の第二次世界大戦に関するいくつかのこと」によると、呉明益の小説『眠りの航路』は、ある種の睡眠状態に陥った「私」が、夢と現実の狭間で父親「三郎」となり、第二次世界大戦末期に少年工として徴用され、高座にある海軍工廠で戦闘機を製造するという物語だという。

呉明益は、この小説を書くために二度にわたって高座を訪れている。そして、三島由紀夫が昭和二十年に川端康成に送った手紙のなかで、自分が「勤労動員」に参加して高座の工場の宿舎に住んでいたと書いているのを見つける。三島は、夕暮れどきに台湾から来た少年工に話を聞かせたり、飛行機の機械油で野菜炒めを作って彼らに食べさせたりしたと書いている。

こうしたことを日本人の私は、台湾人の呉明益に教わった。

高座の海軍工廠のことは、もうひとつ、思いもかけない映画で知った。キネマ旬報ベスト・テンの文化映画の一位を受賞した東海テレビ放送製作のドキュメンタリー、伏原健之監督の『人生フルーツ』（二〇一六年）。

愛知県春日井市の雑木林のなかの一軒家に住む老夫婦の穏やかな老後を描いている。夫の津端修一さん（一九二五年生まれ）は建築家だが、戦時中、なんと高座の海軍工廠で技師として働いていた。

そのとき、台湾から来ていた一人の少年工と親しくなった。戦争が終って少年工は故郷に帰った。その後、音信が途絶えた。

二十一世紀になって、津端さんは建築の仕事で台湾に招かれた。そこでずっと気になっていた少年工の行方を捜した。

ようやく消息がわかる。少年は台湾に帰ってから、国民党の白色テロの犠牲になっていた。津端さんは、山のなかにひそかに作られたお墓をなんとか見つけ出し、香花をたむける。この話には、粛然とした。


まだ十代の身で異国にやってきて軍のために働かされる。少年たちにとっては、つらい日々だったろう。にもかかわらず顕彰碑の除幕式に訪れた元少年工たちは、高座を「第二の故郷」と呼んだという。地元の人たちが優しく接してくれたから。

顕彰碑には歌が三首刻まれているが、そのひとつがとくに心に残る。

「朝夕にひたすら祈るは　台湾の平和なること　友の身のこと」

当時、やはり海軍工廠で働いたと思われる女学校の勤労奉仕挺身隊だった日本人女性が詠んだ歌。厳しい環境のなか、日台の少年少女の親しい交流があったことがうかがえる。


この二月、文芸評論家の高橋英夫さんが亡くなった（八十八歳）。先日、お嬢さんの高橋真名子さんから丁寧な挨拶状をいただいた。

高橋英夫さんは、若くして亡くなった磯田光一さんと共に、尊敬する文芸評論家だった。

昭和五年（一九三〇）、東京の田端の生まれ。お父さんは、鉄道省に勤務する建築技師。お母さんはあの時代には珍しくピアノを弾く女性で、幼ない高橋さんにショパンやベートーヴェンを弾いて聴かせたという。東京の古き良き山の手の家庭がうかがえる。

東京府立五中（現在の都立小石川高校）から、一高、東大へ。最後の旧制高校世代といっていいだろう。「東京人」の編集長を務めた粕谷一希さんとは小石川高校時代の同期生。上級生には中村稔、澁澤龍彥がいる。東京のエリート、秀才である。

ただ、高橋さんにはエリート臭はまったくなく、温厚なお人柄を反映して、文章も端正、気負ったところ、これみよがしなところがまったくなかった。いい意味で地味な方だった。マスコミの第一線に出ることを、自ら嫌ったところもあった。

仕事ぶりは堅実そのもの。文芸評論の王道を行き、小林秀雄論『批評の精神』（中央公論社、一九七〇年）で批評家として立った。

現代作家も論じたが、氏自身の好みは、むしろ前の世代にあり、夏目漱石や志賀直哉、吉田健一を論じているときのほうが幸せそうだった。

私など遅れてきた世代、そして、サブカルチャーの洗礼を受けた世代から見ると、高橋英夫さんは「サブカルチャーの荒波を知らない良き時代の文芸評論家」だった。

高橋さんは、自身の作成した年譜によれば、昭和七年、二歳のときから約五年間の子ども時代、杉並区の阿佐谷に住んでいる。戦後、阿佐谷で育った私としては、そのことに親近感を持った。

その阿佐谷の縁からだろうか、あるときから高橋さんは新著を送ってくださるようになった。文芸評論を書く一方、他方で映画や漫画についても書いていた私のことなど、高橋さんは関心がないだろうと思っていたので、これにはうれしく恐縮した。

私のほうからも新著をお送りするようになった。あるとき、掌篇小説集『青のクレヨン』（河出書房新社、一九九九年）をお送りしたところ、思いがけず、長い好意的な書評を書いていただき、これはうれしかった。

高橋さんは、ピアノを弾く母親に育てられただけにクラシック音楽がお好きだった。名著『疾走するモーツァルト』（新潮社、一九八七年）があるし、クラシックを愛した詩人たちを論じた『音楽が聞える　詩人たちの楽興のとき』（筑摩書房、二〇〇七年）という愛すべき本もある。

高橋さんの最後の著書は、晩年の荷風と、その周辺にあった知的女性、阿部雪子との親交を描いた『文人荷風抄』（岩波書店、二〇一三年）になろうか。

高橋さんも年を重ねるうちに荷風に惹かれていったのだろう。この本の書評を「毎日新聞」に書いたときにいただいた礼状が、高橋さんからの最後の手紙になった。

高橋さんは一九九七年に、三十年以上連れ添った奥様を亡くされている。それもあってか、二〇〇八年に、私が家内を亡くしたときに葬儀に来てくださった。改めて感謝したい。

五月、紀尾井ホールで開かれた「第10回浜松国際ピアノコンクール　入賞者披露演奏会」を聴きに行く。

クラシック音楽愛好家仲間の岩波書店の編集者Kさんと、エッセイストの三宮麻由子さんが誘ってくれる。この二人は、自身、ピアノを弾く。羨しい。

浜松国際ピアノコンクールは、直木賞を受賞した恩田陸の『蜜蜂と遠雷』で描かれたためか、人気が出て、この紀尾井ホールはいつになく若い人が多い。

一位入賞のトルコのジャン・チャクムルという青年をはじめ五人の入賞者（いずれも若い男性）の演奏を堪能した。

とくに三位入賞のイ・ヒョクという韓国の青年の弾いたストラヴィンスキーの「ペトルーシュカからの三楽章」には圧倒された。

全演奏後、五人が舞台に並んで立ち、手をつないで挨拶。これには拍手が鳴りやまなかった。

（「東京人」二〇一九年八月号）

『濹東綺譚』に登場した鳩ヶ谷に行く。

埼玉県に鳩ヶ谷という町がある。

以前は、鳩ヶ谷市だったが、二〇一一年に川口市に編入された。そのため か埼玉県に住む人でも鳩ヶ谷のことを知らない人がいる。鳩ヶ谷というと、よく越ヶ谷と間違えられる。

以前から、この町のことが気になっていた。というのは、永井荷風『濹東綺譚』に鳩ヶ谷の名が出てくるから。荷風は、作品のなかに実在の土地の名を書き記すことが多いが、『濹東綺譚』でも、浅草や吉原などと並べて鳩ヶ谷が登場する。

冒頭、「わたくし」は、浅草を歩いたあと吉原へと向かう。途中、山谷堀《さんやぼり》に近い裏通りにある「古本屋」を覗く。主人は、いかにも荷風好みの、俗を脱した老人。顔見知った仲だからだろう、主人は幕末から明治の戯作者、為永春江が編集した『芳譚雑誌《ほうだんざっし》』を見せる。それを見て「わたくし」は、「明治十二年御届としてあるね。この時分の雑誌をよむと、生命《いのち》が延《のび》るような気がするね」と応じる。老境に入った主人も「わたくし」も、過去の世界に遊んでいる。

このとき、店に六十歳くらいの、これも老人が、風呂敷包を持って入ってくる。そして、主人にこんなことをいう。

「実は今日鳩ヶ谷の市《いち》へ行ったんだがね、妙な物を買った。昔の物はいいね」

そして風呂敷包のなかから、女物らしい小紋の単衣《ひとえ》と胴抜《どうぬき》の長襦袢《ながじゆばん》を取り出して見せる。「わたくし」は、長襦袢を、浮世絵の表装や、手文庫の中張《うちば》り、草双紙の帙《ちつ》に使えるかもしれないと思い、買い取る。ここにも荷風の昔好みが出ている。

この「実は今日鳩ヶ谷の市へ行ったんだがね」が、以前から気になっていた。梅雨になる前にと、六月のはじめ、「市」を調べるために、鳩ヶ谷へ出かけた。郷土資料館に行けばわかるかもしれない。京浜東北線の西川口駅から東の鳩ヶ谷へ向かうバスに乗る。バスは新興住宅地らしい町並みのなかを走る。

十五分ほどで昭和橋というバス停に着く。以前は、川があったのだろう。このあたりが鳩ヶ谷の中心地らしいが、高い建物はほとんどない。

バス停から数分歩くと細い川が流れている。江戸時代中期に作られた見沼代用水。鳩ヶ谷が農村だった名残りの用水で、いまは川に沿って遊歩道が作られている。三年前、同じ埼玉県の久喜市菖蒲町で見沼代用水の清流に沿って歩いたことを思い出す。

この用水に架かる橋を渡ると、道は少し登り坂になる。東照宮へと向かうかつての日光御成道《おなりどう》。鳩ヶ谷はその宿場町として発展した。

通りには昔ながらの瓦屋根の商家が残っている。老舗らしいうなぎ屋もある。昭和モダンのしゃれた洋館もある。このあたりで町は、新興住宅地から、急に古い街道筋へと変わる。バス通りではあるが、昔の町並みが残っている。

めざす郷土資料館はこの旧街道から少し奥へ入ったところにある。さすがに地元では、「市」のことが紹介されていた。

それによれば、江戸時代から続く市で農具や穀物、生活物資、さらに古着、古物などが売られたという。「ボロ市」とも、三日と八日に開かれるので「三《さん》・八《ぱち》市」とも呼ばれた。昭和三十年代半ばまで開かれていたが、現在はさすがにもうなくなっている。

古着が売られ、「ボロ市」と呼ばれていたのだから、『濹東綺譚』で、古本屋に出入りする老人が「鳩ヶ谷の市」へ行って、小紋の単衣や長襦袢を買い求めてきたのもまったく不自然ではないことになる。

荷風自身は鳩ヶ谷に行ったことはないと思われるが、市のことは知っていて、『濹東綺譚』に登場させた。改めて荷風の地誌への関心の深さに頭が下がる。

鳩ヶ谷については、篤実な荷風研究家、亡き高橋俊夫氏が『荷風文学閑話』（笠間書院、一九七八年）で記している。

それによれば、荷風と散歩を愛した国文学者の岩本素白《そはく》がすでに鳩ヶ谷を歩いていて、随筆「江戸繁昌記瞥見」に「私はあの小説（『濹東綺譚』）の場面で、鳩ヶ谷を他の如何なる土地に振り替えても当らないと思う」と記している。さすがに素白のこと。荷風がその土地柄を知ったうえで『濹東綺譚』に鳩ヶ谷を登場させたと指摘している。

鳩ヶ谷には、二〇〇一年に開通した埼玉高速鉄道（浦和美園—赤羽岩淵）が走っている。帰りはこれに乗って赤羽に出た。

久しぶりに「まるます家」で、鯉の洗いやうま煮を肴にビールを飲む。かつて農業が盛んで用水が多かった埼玉県から赤羽に来ると、この店が川魚を扱っていることに納得する。

楽しい仕事があった。

ＦＭ東京の、小川洋子さんがパーソナリティを務める番組に呼ばれた。テーマは永井荷風！小川さんのような素敵な女性作家が荷風に興味をお持ちとは嬉しく驚いた。

小川さんと荷風ゆかりの地、市川市を歩く。よく知られているように、昭和二十年（一九四五）三月十日の東京大空襲で住み慣れた麻布の偏奇館を焼かれたあと、荷風は戦後、市川市に移り住み、ここが終焉の地となった。

小川さんと、まず京成電鉄の京成八幡駅に近い、荷風が晩年、毎日のように通った料理店、大黒家に行く。

ここは二年前、店を閉じたが、そのあと市川市の学習塾の市進が借り受け、建物をそのままにカルチャー・センター「大人の学び舎　大黒家」を開いている。いいことだ。さすが荷風ゆかりの市川市、と思う。

荷風は市川市で四ヵ所に住んだ。最後の家が、大黒家から少し奥に入ったところに今も残っている。新築の平屋建て、昭和三十二年三月に完成している。

当時、荷風は七十七歳。この年齢で新しい家を建てる。しかも荷風は翌々年の昭和三十四年に死去するのだから、この新居には二年ほどしか住まなかったことになる。

どうしてこんな高齢になって、新しく家を建てたりしたのだろう。

以前から不思議に思っていた。この疑問を言うと、小川さんは即座に答えた。「資産のためではないですか」。なるほど。これには納得した。経済観念のあった荷風のこと、現金を持つと同時に、資産としての家を残したかったのだろう。長年の疑問が小川さんのおかげで氷解した。

荷風旧宅から北へ十分ほど歩いて白幡天神社に行く。小さな神社だが、昔は村社だったのだろう。荷風はここを愛し、よく散歩した。

近年、この神社には、荷風の文学碑が地元の人の手によって作られている。『断腸亭日乗』昭和二十一年五月十一日、白幡天神社を歩み、境内でユーゴーの詩集を読んだことが記されている。

荷風は孤高の文人で、弟子を持たなかったし、権威主義も嫌ったから、文学碑が少ない。知る限り、三ノ輪の浄閑寺、名古屋市内の西来寺、小岩の宣要寺（ここは句碑）、そして白幡天神社のものと四ヵ所しかない。荷風らしくて好ましい。

白幡天神社には、もうひとつ、幸田露伴の文学碑もある。露伴もまた戦後、市川市に移り住み、この神社近くが終焉の地となった。荷風は森鷗外と露伴を敬愛した。昭和二十二年に露伴が没したときには、荷風はその告別式を遠くから見送った。礼を尽した。

二人の文人、それも、共に戊辰戦争に敗れた幕府側に心情を寄せる旧幕派が、東京の東、市川に移り住んだとは偶然とはいえ興味深い。まるで西から攻め上がってくる官軍に追われるかのように市川を求めた。

市川散策を終えたあと、市川市の文学ミュージアムのひと部屋を借りて、小川洋子さんと対話を収録する。

小川さんが実によく荷風について下調べをされていることに感激する。とかく女性の読者が少ないとされる荷風だから、これは実に嬉しいことだった。

小川さんは『濹東綺譚』の玉の井の私娼、お雪が「可愛い」と評された。とくにお雪がお茶漬を食するところがいい、と。女性の作家らしい繊細さ。

六月の末、渋谷のオーチャードホールで小山実稚恵さんの新しいピアノシリーズ「ベートーヴェン、そして…」の第一回を聴く。一昨年まで十二年間続いた「ピアノで綴るロマンの旅」に続く新しいシリーズ。

前のシリーズの最終回がベートーヴェンの、あの、遠くへと連れ去られてゆくような透明なピアノ・ソナタ三十二番で終ったのを受けてのことだろう。

この日のプログラムは、楽聖のピアノ・ソナタ二十八番と、それに、弟というべきシューベルトの即興曲。

派手なところのない静かな演奏の世界に引き込まれた。技巧の卓越さより、内面に訴えかけるような深い静けさ。小山実稚恵さんの成熟を感じさせた。

小山実稚恵さんから、ピアニストへのインタビュー集『ピアニストが語る！　静寂の中に、音楽があふれる』（アルファベータブックス）を送られる。

小山実稚恵さんが、現代の錚々たるピアニスト、コンスタンチン・リフシッツ、ヴァレリー・アファナシエフらと共にインタビューに答えている。

小山さんは、ラフマニノフやチャイコフスキーなどロシアの作曲家だけでなく、ルービンシュタインやホロヴィッツなどロシアのピアニスト、さらにドストエフスキーやトルストイなどのロシア文学が大好きだという。その理由として、少女時代を過した盛岡の風景が、ロシアの風景に似ているからというのに納得した。

ちなみに、インタビュアのチャオ・ユアンプー（焦元溥）は台湾の音楽ジャーナリスト。

（「東京人」二〇一九年九月号）

寒河江で地元の人と交流する。

東北の好きな町のひとつに山形県の寒河江《さがえ》市がある。

山形から出ているJRの左沢線《あてらざわせん》（山形―左沢、約二六キロ）の途中にある。人口約四万人。

私の好きな町の条件である「鉄道の駅を中心に町がある」「地場産業がきちんとしている」に叶っている。

左沢線の寒河江駅（大正十年開設）は駅舎が近年きれいになり、駅前も開発され、町並みは落着きがある。高い建物は少なく、空が広い。地方都市の駅前商店街はさびれてシャッター通りになっているところが多いが、ここは個人商店が健在。いい居酒屋が多いのもうれしい。

地場産業はサクランボをはじめとして果物の栽培が盛ん。それに海外のファッション・ブランドに素材を提供していることで知られる世界的なニットの会社、佐藤繊維がある。

以前、オバマ大統領が来日したとき、ミシェル夫人が佐藤繊維のカーディガンを着ていたのが話題になった。

七月はじめ、この町の佐藤洋樹市長に呼ばれて講演することになった。たまたま佐藤市長は私の読者だった。好きな町に呼ばれて講演をする。こんなにうれしいことはない。

講演のテーマは「『男はつらいよ』を旅する」。というのは、寒河江は「男はつらいよ」シリーズの第十六作『葛飾立志篇』（一九七五年、樫山文枝出演）に登場するから。

渥美清演じる寅のところへ、ある日、寒河江に住む女学生（桜田淳子）が修学旅行の途中に立ち寄る。彼女は、寅が、かつて一夜だけ世話になった寒河江の食堂のおかみさんの忘れ形見だった。

そこで寅は、とらやの一同に、お雪さんという女性の親切が忘れられないと、こんな話をする。雪の降る晩、無一文になった寅は腹が減って駅前の食堂に飛び込んだ。持っていたカバンと腕時計を差し出して「これで何か食わしてください」と頼んだ。するとお雪さんというその女性は「いいんですよ、困っているときはお互いですからね」と親切に言ってくれて、どんぶりの飯とあつあつの豚汁を出してくれた。寅は、無我夢中になってそれをかきこんだ。涙がポロポロこぼれてきた。

お雪さんはスクリーンには登場しない。それでも「寒河江のお雪さん」は『男はつらいよ』ファンには忘れ難いヒロインになった。

寒河江にはもうひとつ、昔の縁がある。

駆け出しの物書きの頃、「キネマ旬報」一九七五年五月下旬号に、全国の若い映画ファンが出している「シネコミ」（映画ファンによるミニコミ）を紹介したことがある。

そこで、東北のある高校の、女子生徒ばかり八人の映画研究会が出している「クーパー」という「ミニコミ」を紹介した（「キネマ旬報」の編集部に送られてきたもの）。『哀愁』『エデンの東』『わが青春のマリアンヌ』などの映画評がういういしかった。

この高校が寒河江高校。私と寒河江のはじめての出会いだった。

講演会を無事に終えたあと、町を歩いた。

今回の寒河江への旅には、親しくしている編集者、新潮社のKさんと、キネマ旬報社のMさんが同行してくれる。さらに台湾の翻訳家のエリーさん（黄碧君さん）。エリーさんは学生時代、仙台の東北大学に留学していて、そのときの親しい同級生が寒河江の人という縁で、今回の旅に加わってくれた。

シネコミ誌を出していた寒河江高校を見に行った。あのときの女子学生たちも、もう六十歳くらいか。いまでも映画好きだといいのだが。

そのあと、駅の近くにある佐藤繊維を訪ねた。ちなみに市長は佐藤さん、サクランボは佐藤錦、そして佐藤繊維。このあたりは佐藤姓が多い。

佐藤繊維の工場だった二棟は、現在、リフォームされてアンテナショップになっている。石造りのロフト風の建物。そこにおしゃれな服が並んでいる。同行した二人の女性、Mさんとエリーさんは目を輝かせている。寒河江の町並みがきれいな一因は、世界的なファッションの地場産業があるためかもしれない。

夜は、このあたりの名物のやきとり屋（正確にはやき豚）でまず腹ごしらえ。一軒では物足りず、偶然、見つけた、よさそうな居酒屋へ。ここが予想以上にいい店。若いおかみさんが次々に出す郷土料理のおいしいこと。

と、お客のなかの初老の紳士が声を掛けてきた。なんと昼間、私の講演を聴いてくれたとのこと。それで打ちとけて、いつのまにか「さぶちゃん」と呼ばれた。

町の獣医さんだという。人なつこい。いよいよ寒河江が好きになった。

駅前のホテルで一泊した。朝早く起き、寒河江に来たらいつもここを歩く、用水路沿いの散歩道を歩く。寒河江は、最上川と寒河江川のふたつの大きな川に挟まれている。そのためか、水に恵まれている。このおそらくは農業用に作られた用水路も、水量豊かな清流が流れていて、朝、水に沿って歩くのは気持がいい。

ホテルで朝食を終え、四人で左沢線に乗り、終点の左沢（大江町）に行く。

左沢線は、現在のフラワー長井線とつなげる予定だったというが、それが叶わず左沢どまりの盲腸線となった。

この鉄道の駅には、羽前金沢、羽前長崎、羽前高松と、全国各地の主要都市の名前が、偶然のことにはいえ入っているのが面白い。

羽前高松駅からは以前、山形交通三山《さんざん》線（羽黒山、月山、湯殿山）への連絡線が出ていたが、ちようど『男はつらいよ　葛飾立志篇』が公開された一九七五年の前年に、廃線になってしまった。残念ながら、私はこの鉄道には乗ったことがない。親しくしているクラシック音楽愛好家仲間で、岩波書店の元編集者の林建朗さんは、左沢の出身。月山登山や、間沢の菊人形を見に行くときに、この電車に乗ったという。

電車と書いたが、左沢線は現在でも非電化で、気動車（ディーゼル）が走るが、三山線は電化されていて、林さんが乗ったのは西武鉄道の旧車両だったという。


寒河江と左沢は、左沢線で十五分ほど。

駅前の商店街は大江町になる。江戸時代、最上川の舟運で栄えた町で、町の随所に古い、重厚な日本家屋が残る。

四人で町を歩いていたら思いがけないことが起きた。家庭菜園の仕事をしていた男性が声を掛けてきて、われわれが東京から来たとわかると、「それでは、町を案内しよう」とわざわざライトバンを用意して、最上川を一望できるビューポイント、「日本一公園」をはじめ、大山自然公園、図書館など、町の名所を案内してくれた。この親切には頭が下がった。あとで知ったが、町の呉服屋の主人ということだった。

とくにＮＨＫテレビの「おしん」の「日本中が泣いた名場面」、おしん（小林綾子）が両親と別れ、最上川を舟で下って下流の町へと働きに出る場面が撮影された場所に連れていってもらったのは有難かった。

葛飾区の、京成電車が走る堀切菖蒲園駅の駅前にある古書店、青木書店の創業者、青木正美さんは、数々の古書随筆で知られる。

青木さんは、一昨年、ほとんど自費出版といっていい形で、大沼洸さんの最初の小説集『百合ヶ澤百合の花』を出版された。

大沼洸さんは福島県の人。菓子製造業を営みながらひそかに小説を書いていた。青木正美さんはその小説に注目し、自分一人でそれを本にした。『百合ヶ澤百合の花』。

無論、無名の人の小説集だから少部数。以前、このコラムでも紹介したが、青木さんから送っていただき、あまりにいい本だったので、「毎日新聞」の書評欄で紹介した。

大沼さんは本が出てすぐ八十七歳で死去された。最初にして最後の本となった。

表題作の「百合ヶ澤百合の花」には、なんと左沢線が出てくる。それで強く印象に残った。知る限り、左沢線をこんなに印象深く登場させたのは、この小説しかないのでは。

昭和三十年代のはじめ。ちょうど売春防止法が施行されようとしている頃。

「私」は、無頼の暮しを送っていて、日々、無聊のままに、私娼宿を渡り歩いている。「私」は東北の「K市」(郡山か)に住む。あるとき、町の場末の私娼窟で、投げやりだが、どこか情のある私娼と親しむようになり、よく通うようになる。なじみになる。このあたり、永井荷風『濹東綺譚』を思わせる。

百合江という源氏名のその私娼は、「山形の左澤在所の産だと言った」。この百合江が、故郷に墓参りに行くと聞いて、「私」は、興を覚え、旅を共にすることになる。

というのは、彼女の親の墓があるところは左沢近くの山のなかにあり、墓所の一面に野生の百合が咲き乱れているというから。

「私」は、その百合の風景が見たくて、百合江と旅に出る。そして左沢線に乗る（当時はまだ蒸気機関車が走っている）。

二人は、百合の花に包まれた墓を訪ねたあと、左沢線の小駅で別れることになる。この別れには涙を誘われる。

青木正美さんによれば、数百部の出版だったが売り尽したという。

どこか心ある出版社が、この小説を出版してくれないだろうか。


（「東京人」二〇一九年十月号）

変わる函館で、変わらない場所。

八月の末、遅い夏休みを取って、久しぶりに函館に行った。

二〇一六年三月に開通した北海道新幹線に乗るのは、はじめて。新青森から奥津軽いまべつ、それから青函トンネルに入り、出ると北海道。木古内《きこない》を経て終着の新函館北斗へ。東京から約四時間。

便利ではあるが、青函トンネルが長いし、北海道に入ってからも防音壁のため、ほとんど風景を楽しめないのが残念なところ。鉄道に乗っているというより、ただ運ばれているだけ。

新幹線が開通すると在来線がさびれてゆく。江差線の木古内―江差間は廃線になってしまったし、青函トンネルを走っていた海峡線もなくなった。江差線の木古内―五稜郭間は第三セクターの道南いさりび鉄道となった。

この鉄道はJR貨物のメインルートで一日五十本ほどの貨物列車が走る。貨物は青函トンネルを走る。そのために、トンネル内を新幹線優先にするか、貨物優先にするかで議論が起きている。北海道の農業のことを考えれば、貨物列車を大事にしなければならないだろう。

北海道新幹線の難は、まっすぐに函館に行けず、新函館北斗駅で乗り換えなければいけないことだろう。函館が海に突き出たところに位置するという地理的条件のために仕方がないことだが、便が悪いことは確か。

新函館北斗から函館までは三十分弱。駒ヶ岳を眼前に見る車窓の風景がいいのが救い。

新函館北斗駅は以前は、渡島大野《おしまおおの》駅という函館本線の小さな駅だった。三角屋根の山小屋のような駅舎が田園のなかにぽつんと建っていた。

映画に登場したことがある。

丸山健二原作、森田芳光監督の『ときめきに死す』（一九八四年）。新興宗教の会長を暗殺する仕事を引き受けた沢田研二が冒頭、この駅に降り立つ。当時はまだ木造の旧駅舎。無人駅。周囲には商店らしいものは見えない。

それがいまでは新幹線の駅になるとは。

函館駅に降り立ってみて、驚くことがあった。駅前にあった函館を代表する老舗のデパート、棒二森屋《ぼうにもりや》が店閉まいをしている。

デパート不況はこんなところにまで来ていたか。今年（二〇一九年）の一月末に、約百五十年の歴史を閉じたという。

昭和三十九年（一九六四）の日活映画『夕陽の丘』（松尾昭典監督）では、東京から函館に流れてきた石原裕次郎が町で出会う浅丘ルリ子は、このデパートの店員という設定だった。

二人が屋上に出る場面があるが、そこは遊園地になっていて、大きな観覧車もある。デパートが家族連れでにぎわった良き時代をうかがわせる。

そのデパートが店閉まいしてしまうとは。バス停がいまだ「棒二森屋前」となっているのがかえって寂しい。

函館に来たらまず行くところは決まっている。駅前の津軽屋食堂。

三年ぶりだが、たたずまいは以前のまま。おかみさんも健在で、笑顔で迎えてくれる。カウンターに座り、まずはビール。ガラスケースのなかに惣菜がいくつも並んでいる。そのなかからイカ刺とヒラメの煮付、それにポテトサラダを頼む。

おかみさんも棒二の閉店は寂しそう。

「でも、このあたり、ホテルがどんどん建っているんですよ」

津軽屋食堂の目の前にも大きなホテルが建築中。観光客は増えているということだろうか。

新しいホテルが建ち並ぶなかで津軽屋食堂だけは、昭和の駅前食堂のいい雰囲気を残している。朝市の食堂と違って、ここは観光客より地元の人が相手。だから惣菜が充実しているし、定食類も豊富。

はじめてこの食堂を知ったのは、九〇年代の終わり、ＪＴＢの月刊誌「旅」の仕事で函館に来たとき。女性たちが切りまわして、地元の人たちが食事に来る。

客は多く、私のような一人旅の人間がカウンターでビールを飲んでいても目立たない。

以来、函館に来ると、決まってまずここでイカ刺やホッケ焼を肴にビールを飲むのが儀式のようになった。

函館出身の作家、佐藤泰志原作の『そこのみにて光輝く』が二〇一四年に映画化されたとき、呉美保監督は、私が津軽屋食堂が好きと聞いて、映画のなかに登場させた。若者たちがここで酒を飲んだ。

この八月、今年のサントリー地域文化賞に函館の屋台が並ぶ「函館西部地区バル街」が選ばれた。それは目出度いことなのだが、ああいう場所は残念ながら、一人旅には向かない。津軽屋食堂のようなところこそ、一人旅の聖地だ。


新聞は取っていない。一人暮しなので新聞が増えると片づけるのが面倒臭い。朝、コンビニで「東京新聞」を買う。

この新聞では漫画を楽しみにしている。青沼貴子の四コマ漫画「ねえ、ぴよちゃん」。小学生の女の子ぴよちゃんとその家族が主人公。それに猫が加わる。毎日、ほのぼのとしたユーモアがある。猫好きの神社の宮司さんや、ぴよちゃんの友だちで金持のひみこちゃんら脇の人物もいい。

今回、函館に行って、作者の青沼貴子さんが函館出身と知った。また、この町が好きになった。

函館本線に黒松内《くろまつない》という駅がある。長万部《おしやまんべ》と倶知安《くっちゃん》のあいだになる。函館本線に乗るたびに、この駅のことが気になっていた。駅のホームに「ブナの自生北限」「『日本で最も美しい村』連合加盟」と看板がある。

一度、この駅に降りてみたいと思っていた。

今回、時間の余裕があったので、函館から長万部に出て、そのあと黒松内の駅に降りてみた。思ったより小さな駅。駅員はもういない。

開設は明治三十六年（一九〇三）。函館からの北海道鉄道（現在の函館本線）が長万部を経て黒松内まで延びた。翌年には小樽まで開通。黒松内には機関庫が置かれ、鉄道の町としてにぎわった。

その後、車社会になり、鉄道の町のにぎわいは消え、現在は、農業、それに豊かな自然に恵まれているので、児童養護施設や老人ホームなどが充実し、「福祉の町」を謳っている。

駅前の旅館に宿をとり、町を歩く。東京に比べれば涼しいし、湿気がない。町の人口は現在、三千人ほど。高い建物はほとんどない。

鉄道線路に沿うように商店街があり、旅館、酒屋、釣り具屋、鮮魚店、よろず屋などが並ぶ。居酒屋があるのが有難い。夜はここにしよう。

酒屋の主人から興味深い話を聞いた。

以前、黒松内から、日本海に面した海の町、寿都《すっつ》まで寿都鉄道が走っていたという。旅から帰って調べると寿都鉄道という私鉄で、全長一六・五キロ。大正九年（一九二〇）に開業、昭和四十三年に廃線になっている。

酒屋の主人によると、寿都まで黒松内の駅前からバスが出ているという。一日に五本ほどしか出ていないが、ちょうど午後の便に間に合う。

寿都までは三十分ほど。乗客はなんと終始私一人だった。これではいずれバスの運行もなくなるかもしれない。

寿都は思ったよりきれいな町だった。

商店街は最近、再開発されたらしく新しい商店が並ぶ。かつてはニシン漁で栄えたからストックがあるのだろう。数年前に行った江差の町に似ている。

港の食堂で、名物だという生炊きしらす佃煮と、花つみれというホッケのすり身汁を肴にビールを飲む。町の人口は三千人ほど。産業の大半は水産加工業だという。

かつて寿都駅があったところは少し行った高台にあり、現在は町役場が建っている。町の人に聞くと、もう線路や駅舎は残っていないそうだ。

ニシン漁が盛んだった頃は、貨車から落ちるニシンの油で列車がスリップするほどだったというからニシン列車だったのだろう。

バスで黒松内まで戻る。帰りも乗客は私一人だった。私のように車の運転のできない人間には、鉄道とバスだけの北海道旅行はだんだん厳しくなっている。もしかしたら、今回が最後の北海道の旅になるかもしれない。

『君の名は。』の新海誠監督の新作アニメ『天気の子』を面白く見る。

田舎から東京に出て来た家出少年が、歌舞伎町で不思議な能力を持った少女と出会うラブストーリー。この少女は、雨を晴れにしてしまう力を持っている。

この映画、東京を舞台にしている。『君の名は。』では新宿区の須賀神社がアニメファンの聖地になったが、この映画では、こちらの世界からあちらの世界の出入り口になる鳥居のある廃ビル――、代々木の「代々木会館」が聖地になっているようだ。

もうひとつ、いい場所は、少女が弟と暮すアパートが建つ田端の高台。山手線、京浜東北線、新幹線が交差する鉄道好きにはおなじみの風景がとらえられる。

いい場所を選ぶなと感心していたら、最後のクレジットに「ロケハン協力　内田宗治」と出て納得。

「東京人」でもおなじみの東京の鉄道、地形に詳しい内田宗治さんがアドバイスをしていたか。

（「東京人」二〇一九年十一月号）

台湾の布袋戯と池内紀さん。

九月の終わりの日曜日、朝から上野公園で開かれた台湾フェア「Taiwan Plus 2019 台湾新感覚」に出かける。今年で二回目になる催しでマーケットと音楽ライブから成る。

会場には五十軒ほどのテントの店が並ぶ。食べもの、衣料、雑貨、本などが売られていてにぎやか。

今回出かけたのは、人形劇、布袋戯《ほていぎ》（ポーテーヒ）を見るため。台湾の伝統的な大衆芸能で、野外で演じる人形劇。これまできちんと見たことがなかった。

現在、台湾で人間国宝として活躍する人形師陳錫煌《チエンシーホアン》が公演をする。舞台は思ったより小さい。人形も日本の文楽くらいか。指で操る。煙草を吸ったり、刀を振り回したり、盆を棒の上でまわして見せたり、実に細かい動きまでするのに驚く。

陳錫煌さんは八十歳を過ぎてもなお元気で、世界各国で公演を続けているという。

私などの世代が、布袋戯を知るのは侯孝賢《ホウシャオシエン》監督の『戯夢人生』（一九九三年）によって。台湾の代表的な人形師李天禄《リーティエンルー》の生涯を描いた映画で、李天禄自身が出演した。

李天禄は、侯監督の『恋恋風塵』（一九八七年）、『悲情城市』（一九八九年）に祖父の役で出演もしている。とくに『恋恋風塵』の仙人のような飄々とした祖父は忘れ難い。小津安二郎『東京物語』（一九五三年）の笠智衆を思わせる飄逸の味がある。

上野公園で公演をした陳錫煌は、この李天禄の長男。父の後を継いで人形師になった。

公演を見る前に、陳錫煌を描いたドキュメンタリー映画『台湾、街かどの人形劇』（楊力州《ヤンリージョウ》監督）を見た。

布袋戯の伝統を守り続ける陳錫煌の活発な活動を描いていながら、どこか「挽歌」のような寂しさを持った映画だった。

というのは、冒頭で陳錫煌が悲しい表情でいう。「台湾は変ってしまった。もう誰も布袋戯をきちんと見ようとしない」。テレビやゲームなどの新しい娯楽によって、昔ながらの布袋戯は台湾の暮しの隅に追いやられてしまった。

「人間国宝」になったことも、さほどうれしいことではないようだ。布袋戯はもともと大衆芸能。街かどの小さな舞台で、市井の人々に見せる。楽しんでもらう。日本でいえば、昭和の子どもたちに愛された紙芝居に似たところがある。

それが、いまやすたれてしまったために逆に「人間国宝」にされてしまう。陳錫煌はだから嘆く。「最近は役所の依頼の公演ばかりだ」。本来の「街かどの人形劇」から遠ざかってしまった。

もうひとつ、映画『台湾、街かどの人形劇』を見て知ったことがある。布袋戯は、本来「田都《テントー》元帥《ゴアンソエ》」という戯劇の神に捧げられるものだという。

陳錫煌は公演のときに必ず、小さな赤い箱に入れた田都元帥の像を大事に持ってゆく。「布袋戯は第一に神への敬意を表すためにある。人に見せるのはその次だ。旅の前には平安を祈り、無事に帰れば一幕演じて、神にお礼を」。布袋戯が現在、すたれていっているとすれば、市井の人間たちが神を大事に思わなくなっているためかもしれない。

九月末、上野の文化会館小ホールに、フランスのベテランのピアニスト、パスカル・ロジェのコンサートを聴きにゆく。

演奏曲目は、サティ、ラヴェル、プーランク、そしてドビュッシーと近代フランスの作曲家の作品ばかり。どれも「ささやき」のような小品で、池の水の上を微風が吹いているような清潔感がある。

サティの「ジムノペティ」をはじめ、ドビュッシーの「亜麻色の髪の少女」「沈める寺」、あるいは、アンコールで弾いたドビュッシーの「月の光」など、有名な曲が続くなか、はじめて聴いたのが、プーランクの「ナゼールの夜会」。フランスのナゼールという町に住む叔母の屋敷で開かれた夜会を題材にした曲で、これは思いのほか、はなやかで心弾んだ。

ラヴェルの「ソナチネ」を久しぶりに聴き、やはり静かで繊細な曲だと聴き入った。私の手元にあるCDは、小山実稚恵さんの『Ravel Piano Works』で、「亡き王女のためのパヴァーヌ」や「夜のガスパール」と並んで「ソナチネ」が入っている。これから秋に向かうこの季節、夜、寝る前に聴くと心洗われる。

上野公園で布袋戯を見たあと、足を延ばし東京藝術大学大学美術館で開かれた「円山応挙から近代京都画壇へ」展に行く。

蒙を啓かれたことがふたつあった。

円山応挙は「写生画の祖」と評されている。

個人的に風景画に興味を持っている。西洋美術では「風景の発見」といって、十六世紀ごろから、それまでの聖書や神話の世界を描く絵と違って、人間が普通に暮す町や野の風景を描く風景画が登場した。フランス文学者、石川美子さんの『青のパティニール 最初の風景画家』（みすず書房、二〇一四年）によれば、十六世紀のネーデルランドの画家、パティニールがその嚆矢だという。

それでは日本ではいつごろ風景画が描かれるようになったのだろう。ずっと、近代になってフランスの印象派の影響で描かれるようになった、と思っていた。

しかし、今回、「写生画の祖」といわれた応挙は、日本の早い時期の風景画家ではないかと教えられた。

図録にこうある。

「（応挙の生きた）当時の絵画の基本は、やまと絵か中国画であった。流派ごとの職業絵師が手本にならい、山水世界を描いていた。そこに若い応挙が現れて、『生を写す』すなわち実物写生を旨とする写生画を打ち出した。人々はその写生的表現の斬新さに驚いた。写実もまだなかった時代に、その描写を初めて目にした人々の衝撃はどうだったろう」

それまでの名所図絵のように型にはまった絵ではなく、目の前の現実の風景を見たままに描く。近代の風景画の芽生えがそこにはあった。これはうれしい驚きだった。

もうひとつ蒙を啓かれたことがあった。

可愛いらしい子犬の絵が目を惹いた。

犬は昔は、番犬や猟犬など実用のために飼われるもので、現代のようにペットとして飼われるのは、近代になってからと思っていた。

しかし、江戸時代の応挙は丸々とした子犬たちを明らかに「かわいい」生き物として描いている。これにも驚いた。すでに江戸時代に、犬は実用的価値とは別のところで、ただ「かわいい」からと愛玩されていた。

応挙は犬以外にも兎や猿、あるいは鳥などさまざまな生き物、それに草花も描いている。身近にいる動植物を自分の目で観察して絵にしている。画家であり、博物学者でもある。

美術というと、どうしても西洋美術に片寄ってしまう人間にとって、この円山応挙展は実に新鮮だった。

八月三十日、ドイツ文学者で自由な書き手だった池内紀さんが亡くなった。七十八歳。もの書きに友人の少ない私にとって、池内さんはもっとも頼りになる方だった。

健康に留意され、規則正しい生活をされていたから、当然、私より長生きをされると安心していた。「私の葬式には弔辞を読んでください」と冗談ではなく真面目に頼んでいた。その池内さんが先に逝ってしまうとは。

私より四歳年上。いつも指針にしていたので、急に寂しくなった。これから先のことを考えると正直、暗然とする。

池内さんにはじめてお目にかかったのは、一九八三年の終わりごろ。「文藝春秋」一九八四年一月号で温泉好きが集まって、島根県の玉造温泉に行き座談会をするという楽しい仕事だった。ドイツ文学者の種村季弘さん、池内紀さん、そして私の三人。種村さんとは以前からお付合いがあったが、池内さんとははじめて。それでも気が合い、以来、亡くなるまで交友が続いた。互いに一人旅が好きという共通の趣味があったためかもしれない。

その後、「文學界」でフランス文学者の奥本大三郎さんを交え、三人で書評鼎談（「快著会読」）を一九八八年から八九年にかけて二年ほど続けた。また一九九九年には、NTT出版の旅の本のシリーズ「気球の本」の編集の仕事をした。最近では、二〇一五年に新潮文庫の短篇アンソロジー『日本文学100年の名作』の編集でご一緒した。

いつも穏やかで飄々とした池内さんは、およそ権威ぶった構えたところのない方で、池内さんがいると座が和んだ。定年前に東大教授を辞めて筆一本の生活に入った池内さんは、自由人の生活を楽しんでいた。

池内さんには深く、深く感謝していることがある。

二〇〇八年の六月、家内が癌で亡くなったときのこと。その死の直前、講談社文芸文庫の花田清輝の評論集の解説を引受けていた。しかし、締切りが迫ってくるなか、家内の病状が悪化。とても原稿が書ける状態ではない。

思いあまって、池内さんに助けを求めた。池内さんは私の勝手な願いを気持ちよく聞いてくれ、かわりに原稿を書いてくれた。こんな有難いことはなかった。

家内が亡くなって一人暮しをはじめたが、池内さんはその後も私のことを気づかって「困ったことがあったら夜中でもいいから電話してください」と言ってくれた。どれだけうれしかったか。

その池内さんが先に逝ってしまうとは。いまは池内さんと同じ時代を生きてきたことを感謝している。

（「東京人」二〇一九年十二月号）

台湾の虎尾で出会った二人。

十一月だというのに、女性はショートパンツにTシャツ。オートバイに乗っている男性たちも夏のよそおい。台湾中部では十一月といってもまだ夏だ。

今回の台湾旅行は、まず中部の虎尾《こび》という製糖業で栄えた町から始めた。いつものように台湾好きの二人の編集者、「東京人」のTさんと新潮社のKさんが同行してくれるので有難い。

台北から台湾の新幹線、高鉄に乗って約一時間で雲林に着く。高鉄の駅舎はどこも斬新なデザインのところが多いが、Tさんによれば雲林駅の設計は、誠品生活日本橋の店内設計をした姚仁《ヤオ》喜《クリス・》さんという。

雲林駅のまわりには、日本の新幹線の駅でもよく見かけるように何もない。駅が町から離れたところに作られているため。駅からタクシーで町なかに入る。そこが虎尾の町。

日本の地方の町はシャッター通りといわれるように、商店街がさびれていたり、郊外に大型店やチェーン店ばかりが並ぶ殺風景なところが多くなってしまったが、台湾ではまだ個人商店が健在で、小さな店が祭りの屋台のようににぎやかに並ぶ。暮らしの匂いがする。それを見ると、台湾に来たなと思う。

宿泊するホテルはロータリーの近くにある。こぢんまりとした清潔ないいホテル。ロビーに台湾の伝統的な大衆芸能である人形劇、布袋戯《ほていぎ》に使われている人形がいくつも飾られている。虎尾の町は、昔から布袋戯の盛んな町として知られる。

昼過ぎ、現在、この町にある布袋戯のスタジオで仕事をしている西本有里さんが車で迎えに来てくれる。西本さんは台北在住。五年前に知り合ってから親しくしている。言葉が堪能で、彼女が台湾の人たちと元気に仕事をしているさまは頼もしい限り。

西本さんが車で虎尾にあるスタジオに連れて行ってくれる。見学する。会社の正式名は霹靂《へきれき》国際多媒體。このスタジオで作られる映画は、伝統的な布袋戯とはまったく違う。人形を使ったスピーディなアクション映画。人形たちが地を走り、空を飛ぶ。刀で切り結ぶ。「三国志」の活劇に近い。それを人形師が人形を操りながら作ってゆく。古典と現代がうまく調和している。台湾ではテレビやＤＶＤになり大人気になっている。日本でも「Thunderbolt Fantasy」というシリーズの最新作が劇場公開され、熱いファンが多い。

人形はかなり大きい。アクション映画なので壊れることもあり、一人のキャラクターに三体が用意される。人形の頭は木造り。職人が作る。顔はどこか、日本の宝塚の女優やアニメのヒロインを思わせる。

布袋戯というと、日本でいうと「ひょっこりひょうたん島」のような人形劇を思い浮かべてしまうが、それとはまったく違う。『風の谷のナウシカ』や「ルパン三世」を人形たちが演じているといえばいいだろうか。一度見ると、そのおもしろさに圧倒される。

スタジオでおもしろい女性に会った。林小筠《りんしょういん》さんという虎尾スタジオの副所長。私たちが夜、西本さんと飲みに行くと言うと、自分も行きたい、店を案内すると元気いっぱい。

虎尾のホテルに近い、その紹介された店に私たちが先に行ってビールを飲んでいると、しばらくして林さんが登場。さきほどの地味な制服姿とは打って変って、なんとショートパンツにストッキング。セクシーな姿に驚いたが、南のこの町では自然なのだろう。

林さんは豪快に飲む。一般に台湾の人は、日本人に比べあまり酒は飲まない。とくに女性は飲まない。「日本の女性は飲みすぎ」とあきれている。それなのに林さんは強い、強い。しかも楽しいお酒。

はじめ三十代の女性かと思っていたが、五十代と聞いてまたびっくり。夫を二十年前に亡くし、そのあと、二人の子どもを女手ひとつで育て上げたというから立派。「肝っ玉おっかさん」だ。

感激したことがある。私がビールに飽きて、「もうビールはいい、ウイスキーを飲みたい」と言ったところ、店はビール専門店でウイスキーを置いていない。突然、林さんの姿が消えた。トイレにでも立ったのかと思ったら、そうではなかった。

しばらくして戻ってきた。なんと店のオートバイを借りて、それに乗って商店までウイスキーを買ってきたと言って、スコッチの瓶をどんとテーブルに置いた。

なんと心優しく、気のいい女性だろう！

虎尾の町は日本統治時代、製糖産業で栄えた。かつての大日本製糖を引継いで現在は、台湾糖業の虎尾糖廠がある。サトウキビの収穫時、十二月から三月には、サトウキビ列車が町を走る。台湾で唯一の現役サトウキビ列車で、日本からも鉄道ファンが見に来るという。

製糖は日本統治時代の重要な産業。「東京人」のTさんの曽祖父は虎尾の大日本製糖に勤めていたという。社宅の玄関には、砂糖が入ったドラム缶が置かれ、小さかった伯父は、握ったおむすびをドラム缶に転がし、砂糖まぶしにして学校に持っていったという。

大正期を代表する作家、佐藤春夫は大正九年（一九二〇）、二十八歳のときに台湾を訪れている。その台湾旅行から生まれたのが名作、台南の廃港を舞台にした『女誡扇綺譚《じよかいせんきたん》』だが、もうひとつ『蝗《いなご》の大旅行』という微笑ましい小品を書いている。

台湾南部、嘉義《チヤーイー》のあたりを列車で旅していると、列車のなかに蝗が入ってきて、その様子を楽しく眺めるという随筆風の作品。

こんな文章がある。「確か、嘉義から二つ目ぐらいの停車場であったと思う。汽車が停ったから、外を見ると赤い煉瓦の大きな煙突があって、ここも工場町と見える。このあたりで大きな煙突のあるのは十中八九砂糖会社の工場なのである」。

この工場は、もしかしたら虎尾の大日本製糖かもしれない。現在、鉄道は廃線になっているが、旧虎尾駅として保管され、ホーム跡にはサトウキビを運んだ小型の蒸気機関車が静態保存されている。

西本さんとわれわれ三人が、それを眺めていると、一人の老人が日本語で話しかけてきた。

「日本から来ましたか?」。聞けば昭和三年生まれ。台湾糖業虎尾糖廠に勤め、なんとこの機関車の運転士をしていたという。

さらに驚くことがあった。

Tさんの祖父は、この虎尾で小学校(公学校)の先生をしていた。「島という名前です」とTさんが言いかけると、なんとその老人は、「ああ、島明雄先生ですね」と懐しそうに言う。七十年以上前のことをいまも憶えている。島先生はいい先生だったのだろう。

Tさんは思わず涙ぐんでしまう。われわれも胸が熱くなる。Tさんの台湾愛の原点は、この「島先生」にあったかと納得する。

台湾を旅していて驚くのは、随所に日本統治時代の思い出がいまも残っていること。もちろん、統治した側の日本人がそのことを強く言いたてるのはよくないが、台湾の人がその時代のことをいまも懐しんでくれているのを知ると、いい日本人もたくさんいたのだなと温い気持になる。

虎尾で西本有里さんと別れ、われわれ三人は雲林から高雄(左営)を経由して、次の旅先である屏東《ピントン》に向かう。ここは台湾南部の町。街路樹には椰子が植えられ、南国の色が濃い。

在来線の屏東駅は近年、高架駅となった。新しく大きい。ここで、拙著『マイ・バック・ページ』などを出版してくれている出版社、新経典文化の編集者、陳柏昌君が出迎えてくれる。陳君は会うたびに日本語が上手になっている。

実は今回の台湾行きは、新経典文化がこの秋に拙著『「男はつらいよ」を旅する』(新潮社、二

○一七年）台湾版（翻訳はエリーさんこと黄碧君さん）を出版してくれることになり、それを機に、屏東で行われる文化イベントに呼んでくれたことがきっかけ。五年前に知り合い親しくなった社会学者の李明璁《りめいそう》先生とトークを行う。

五年前に台湾を本格的に旅してから知り合った台湾の人たちは本当にいい人が多く、七十代になった高齢者にとって、毎年彼らに会うのは大きな楽しみになっている。

李先生をはじめ、新経典の社長の葉美瑶さん、編集者の梁心愉さん、陳柏昌さん、『マイ・バック・ページ』を訳してくれた頼明珠さん、そして今回の訳者、エリーさん、通訳の褚炫初さん。この五年間、毎年一回、台湾を訪れるようになったのは、何よりも彼らに会うためなのが大きい。

屏東では、やはり虎尾と同じサトウキビ列車の跡を訪ねたり、エドワード・ヤン監督の『牯嶺街《クーリンチエ》少年殺人事件』（一九九一年）のロケ地めぐりをしたりした。とくに、チャン・チェンが少女と座るガジュマルの樹がいまも健在なのを見つけたときはうれしかった。

虎尾、屏東を旅し、最後に台北に戻った。さすが北の台北ではもうショートパンツ姿の女性は少ない。

一夜、新経典の葉さんが食事に招待してくれる。葉さんは、「男はつらいよ」の舞台、柴又に行ったこともあるという寅さんファン。少し酒が入ったところでなんと「男はつらいよ」の主題歌を歌ってくれた！

食事の席には、昨年（二〇一九年）知り合った作家の陳雨《ちんう》航《こう》さんも参加してくれる。陳さんは古い日本映画を実によく見ているし、寅さん好きでもある。拙著『「男はつらいよ」を旅する』が今回、新経典から出版されたのは、陳さんが葉さんに強く推薦してくれたため。

食事の席では「作家の締切り」の話題で盛り上がる。こうなると新潮社のKさんの独壇場。日本の作家がいかに締切りを守らないか、次々にエピソードを披露して笑わせてくれる。陳さんによれば、台湾の作家にとっても締切りは頭が痛い問題という。万国共通だ。

台北での最後の日、台湾大学のキャンパスに行き、いわゆる「レノン・ウォール」を見る。現在、香港を揺るがせている民主化を求める若者たちの運動を支援するメッセージが、掲示板いっぱいに貼られている。台湾の人たちは、台湾の民主化は自分たちの長い闘いで勝ち取ったという自負があるから、政治的意識が強い。台湾大学の「レノン・ウォール」からは、台湾の学生たちの、香港の学生たちへの熱い連帯の思いが伝わってくる。

「レノン・ウォール」とは、一九六八年のチェコの民主化運動のときに、ジョン・レノンの「ヘイ・ジュード」が歌われ、レノンが民主化運動のシンボルになったことから生まれたものだろう。

一九六〇年代のチェコの若者たちの自由への思いが、香港の、そして台湾の若者たちに受け継がれている。

（「東京人」二〇二〇年二月号）

猪谷から、彼岸を望む。

一年ぶりで高山本線に乗った。

前年の秋に乗ったときは、台風のため不通区間があったが、その後、無事、全線（岐阜—富山）が再開した。

所用で京都に行った帰り。名古屋に出て、名古屋市美術館でカラヴァッジョ展を見たあと名古屋に一泊。翌朝、高山本線の列車に乗った。

平日だが、高山、古川に行く観光客が多い。西洋人の姿も目立つ。今回、高山本線に乗ったのは、実は高山でも古川でもなく猪谷《いのたに》駅に降りてみたかったから。

岐阜から特急で三時間ほど。特急がとまる駅（昭和五年開設）だが、思ったより寂しいのに驚く。駅員の姿も見えない。

高山本線はここから富山県に入る。ＪＲ東海とＪＲ西日本の分岐点になる。昔は、飛騨と越中の国境で関所も置かれていた。いわば交通の要所なのに、駅に人影は見えないし、駅前の通りも、ひっそりとしている。商店は酒屋が一軒あるだけ。昼食は、駅前食堂でと思っていたが、当てがはずれた。以前、来たときには、ここから山へ入った神岡鉱山まで第三セクターの神岡鉄道が走っていたのだが、二〇〇六年に廃線になってしまった。町がひっそりとしているのは、そのためかもしれない。

このところ、山田太一の昔のドラマをビデオで見直している。自分が後期高齢者になったためか、笠智衆の〝老人三部作〟「ながらえば」（一九八二年）、「冬構え」（一九八五年）、「今朝の秋」（一九八七年）に、とくに惹かれている。

このうち「ながらえば」に猪谷が出てくる。

笠智衆演じる老人（元欄間職人）は、息子夫婦（中野誠也、佐藤オリエ）と名古屋で暮している。妻（堀越節子）は寝たきりで病院に入っている。

息子が富山に転勤になる。老人も一緒に行くことになるが、名古屋の病院にいる老妻のことが気がかりで落着かない。

ある日、思いあまって家出するような形で一人、高山本線に乗って妻に会うため名古屋に向かう。しかし、手元不如意で名古屋までの切符が買えず、途中の駅で降りることになる。

その駅が猪谷駅。当時はまだ駅員がいるし、町の通りにも人の姿が見える。老人は、心細い気持でこの見知らぬ町を歩くが、思いがけず、親切な旅館の主人（宇野重吉）に会い、金を用立ててもらう。

「ながらえば」を見て、猪谷の駅と、町を見たくなっていた。

小雨が降ってきた。猪谷関所館があるが、あいにく月曜日で閉館。一軒だけある酒屋に飛び込んで、地酒を求め、主人と話をする。「ながらえば」のことを聞くと、さすがによく覚えていて、宇野重吉が主人を演じた旅館は向かいにあった金山《かなやま》旅館だという。

猪谷は一時は、鉄道関係者も多く住んだし、鉱山や発電所の人も多くにぎわったが、いまは自分のところしか店はない、と寂しそう。

笠智衆は一人で町を歩き、大きな橋から川を見下ろした。その橋は、神通川に架かる神峡橋。真ん中に立って見下ろすと、かなりの高さで怖くなる。よく老齢の笠智衆がこの橋を歩いた。

昭和四十年代、イタイイタイ病という公害病が問題になった。神岡鉱山から出るカドミウムが神通川を汚染し、下流域の住民に大きな被害が出た。

猪谷が寂しい町になったのは、そのためもあるかもしれない。

酒屋の店の前に、よく見ると木仏が置いてある。酒屋だけではない。各家の前に、円空仏が置かれている。

飛騨は円空ゆかりの地。それで、町では、木彫職人の町として知られる富山県の井波《いなみ》の職人に、円空を模した仏像を作ってもらったのだという。小雨の降る、人の姿のほとんど見えない小さな町で円空仏が神さびて見えた。

台湾でいつも拙著を出版してくれる出版社、新経典文化に、王琦柔《ワンチールウ》さんという若い女性編集者がいる。二年前、拙著『君のいない食卓』（新潮社、二〇一一年）の台湾版の編集を担当してくれた。

十一月に台湾に行ったとき、王さんの姿が見えない。会うたびに日本語が上手になる新経典文化の編集者、陳柏昌さんに「王さんはどうしているか」と聞くと、なんと「絵を勉強するために日本に留学している」とのこと。

これは、嬉しい驚きだった。王さんは、将来、画家になりたく、編集者として働いて留学費用を貯め、念願叶って日本に留学したという。

しかも、陳さんによれば、十二月に東京で初めてのグループ展を開くという。これはぜひ行かねば。

〝台湾組〟の「東京人」のTさん、新潮社のKさん、それに台湾語の翻訳家のエリーさんこと黄碧君《フォンビジュイン》さんを誘って、十二月のはじめ、新宿区若松町の「ギャラリーころころ」という小さな画廊で開かれているグループ展を見に行った。

王さんの絵は、自分の愛犬を描いたもの、草原にとめられた自転車を描いたもの、そして、窓から女性が海に浮かぶ島を見ているもの（王さんがベトナムのハロン湾を旅したときの思い出）の三点。自転車の絵が、どこかエドワード・ホッパーを思わせる豊かな寂しさがあって、猪谷で円空仏を見た人間には、心に残った。

王さんは東京で働きながら、夜学で絵を勉強しているという。健闘を祈らずにはいられない。新経典文化の社長の葉美瑶さんが彼女をサポートしているのも嬉しい。

ちなみに王琦柔さんは、日本語も不自然なく話す。これも素晴らしい。

王さんの絵のひとつに「窓」が描かれているのがある。船の窓を通してハロン湾に浮かぶ奇岩を描いたのだという。

それで思い出し、折りから竹橋の東京国立近代美術館で開かれている「窓展：窓をめぐるアートと建築の旅」を見に行く。

絵画でいえば、ポスターにも使われたアンリ・マティスの、窓辺にいる二人の女性を描いた「待つ」をはじめ、ピエール・ボナールの「静物、開いた窓、トルーヴィル」、エルンスト・ルートヴィヒ・キルヒナーの「日の当たる庭」、長谷川潔の銅版画「半開の窓」など。いかに画家たちが窓に惹きつけられているかがわかる。

個人的には、単に窓そのものを描く画家より、窓を通して見た風景を描く画家に興味がある。というのは、「風景」とは、ただそこにあるものではなく、「窓」という枠を通すことによって画家に新しく「発見」されるから。「窓」が「風景」を作るといっていい。

二年前に公開された、カナダの素朴画家として知られるモード・ルイスを描いた映画『しあわせの絵の具』（アシュリング・ウォルシュ監督）を見ていたら、サリー・ホーキンス演じるモード・ルイスがこんなことを言った。

「私は窓が好き。鳥が横切ったり、蜂が来たり、毎日、違う。命がいっぱい。いろんな命がひとつのフレームにいる」

窓というフレームを通して風景を見る。そこに、いまある風景とは別の、もうひとつの風景を見る。「風景の発見」である。

言うまでもなく映画がそうだ。カメラとスクリーンというフレーム（窓）を通して風景を見る。

詩人で映画評論家の杉山平一氏は、「映画は窓だ」と言った。

「前に窓枠を置くことによって、その向こうに、奥行き深い、もの思わせる世界が現出する」

（『窓開けて』、編集工房ノア、二〇〇二年）


窓辺に人物が立って、窓の向こうの景色を見る。窓を通して、彼岸と此岸が結びつく。

窓辺に立つ人物の絵が好きで、そういう絵ばかり集中的に見ていた時期がある。

十九世紀デンマークの画家、ヴィルヘルム・ハンマースホイは、もっとも窓を愛した一人だろう。二〇〇八年に国立西洋美術館で開かれた「ヴィルヘルム・ハンマースホイ　静かなる詩情」展は、「窓の画家展」と呼びたいような素晴らしいものだった。

確か、松浦寿輝さんは『半島』の文春文庫版表紙にハンマースホイの絵を使っていた。その絵は、松浦さんの現実と非現実が溶け合う世界にふさわしい。


日本では有名ではないし、今回の「窓展」に作品も紹介されていなかったが、窓を愛した画家に、ピーター・イルステッドという、十九世紀から二十世紀はじめのデンマークに生きた画家（銅版画家）がいる。

このイルステッドのことは、銀座にある版画専門の画廊ガレリア・グラフィカの展示で知った。

どの作品も窓と少女を主題としている。室内にいる少女たちが、窓を通して外の風景を見ている。窓の内側（此岸）と向こう側（彼岸）が描かれる。

窓の持つ深い意味をピーター・イルステッドに教えられた。一九九三年に文藝春秋から出版した文芸評論集『青の幻影』の表紙にはその絵、「来客を待って」を使った。

白いドレスを着た二人の少女が、白いカーテンの掛かる窓から外の庭のほうをひっそりと見つめている。その後ろ姿を描いている。

少女たちは何を見ているのだろう。「窓」は、私たちを現実から離れたもうひとつの風景へと誘う。

五階建てのマンションの三階にある私の部屋の窓からは、善福寺川緑地の背の高いユリノキと、そして富士山が見える。

（「東京人」二〇二〇年三月号）

荷風ゆかりの恵明寺に詣でる。

今年の初詣は、足立区江北にある恵明寺《えみょうじ》に出かけた。荒川沿いの古い寺で、荷風ゆかりの寺でもある。

東京駅の丸の内北口から「荒川土手」行きという都営バスが出ている。都内の路線バスとしてはかなり長距離を走る。東京駅から御茶ノ水、本郷、田端、西尾久を経て、小台橋で隅田川を渡り、足立区の小台、宮城へ出、江北橋で荒川を渡り、ようやく終点の荒川土手（江北二丁目）に出る。正月で道が空いていたので四十分ほどで着いたが、ふだんはゆうに一時間はかかるだろう。

バス停で降り、五分ほど歩いたところに恵明寺がある。その横は、西洋絵画のコレクションで知られる会社、吉野石膏。

「江戸六阿弥陀《あみだ》」という信仰行事がある。現在ではすたれてしまったが、かつては江戸庶民のあいだで親しまれていた。

奈良時代の僧、行基の作といわれる一木六体の阿弥陀仏をまつる東京の六つの寺を、春秋の彼岸に巡る。

荷風はこの六阿弥陀に関心を持ち、六つの寺のなかでは市中から遠い荒川べりの恵明寺によく足を運んだ。

荷風の昭和十一年の名随筆「放水路」に、恵明寺のこと、六阿弥陀のことが記されている。

「大正三年秋の彼岸に、わたくしは久しく廃《よ》していた六阿弥陀詣を試みたことがあった。わたくしは千住の大橋をわたり、西北に連る長堤を行くこと二里あまり、南足立郡沼田村にある六阿弥陀第二番の恵明寺に至ろうとする途中、休茶屋《やすみぢやや》の老婆が来年は春になっても荒川の桜はもう見られませんよと言って、悵然として人に語っているのを聞いた」「わたくしは之に因《よ》って、初めて放水路開鑿の大工事が、既に荒川の上流において着手せられていることを知ったのである」

この文章から、荷風は、以前、よく六阿弥陀詣の一環として恵明寺を訪れていたことがわかる。友人の井上唖々との東郊への散索だった。

大正三年に荷風は、久しぶりに恵明寺に出かけた。千住まで行き、そこから荒川堤を歩き、恵明寺に至った。途中、茶屋の老婆の話から、荒川放水路が作られているのを知った。

いうまでもなく荒川放水路は、隅田川の洪水を避けるために作られた人工的なバイパス。ほぼ大正年間を通して工事が続き、昭和五年に完成した。

荷風は、大正三年の秋に恵明寺を訪れたときに、はじめて荒川放水路の工事を知った。

恵明寺を、荷風ゆかりの寺と書いたのはそのため。正月のこの日、恵明寺はひっそりとしていた。参拝者も家族連れが、二、三組、見られる程度。縁日につきものの屋台も出ていない。

しかし、その東京のはずれの静かなたたずまいが荷風には合っている。

このあたりはもともと、荒川（隅田川）の流れがあった。その堤には、桜の木が植えられていた。「五色桜」といった。明治末年、東京市長の尾崎行雄がワシントンに贈った、ポトマック河畔に植えられた桜はこの桜。「五色桜」の名は、荒川土手に近いバス停「五色堤公園」と、荒川にかかる首都高速中央環状線の「五色桜大橋」に残っている。

現在でも、東京駅の丸の内北口から荒川土手の恵明寺まではバスでも時間がかかる。それを大正はじめに荷風が千住から歩いて訪れていたとは。東京散策者としての荷風の元気、行動力に改めて驚く。

この日、恵明寺に参拝したあと、バスで西新井大師に出て初詣を終えた。

東京オリンピックを控え、東京改造がさかん。一九六四年のときは、新宿の町の変わりように驚いたが、今回は、渋谷が凄いことになっている。

次々に再開発され、新しいビルが建っている。昭和十九年生まれ、去年、後期高齢者になった人間としては、その変貌のスピードにはついてゆけなくなる。

地下鉄銀座線の渋谷駅が改装された。ホームが広くなるのは安全の点からいいことなのだが、地下鉄の渋谷駅は地下鉄なのに地上駅であることが〝名物〟だったのに、それが見えなくなったのは、旧世代としては寂しい気がする。

日本の建築の技術が凄いと思うのは、使いながらリニューアルすること。何もない更地に新しい大きなビルを建てることに比べ、現在の駅を使いながら、新しくしてゆくのは大変なことだと思う。その技術というか、スケジュール管理は大変な労力を要するのではないか。

新しい建物ができると建築家は脚光を浴びるが、同時に、工程管理にたずさわった地味な技術者たちの労力を知りたい。

さらに言えば、工事に関わる肉体労働者の実態も知りたいと思う。彼らがいてこそ、新しい建築はできあがるのだから。

一月の末、また好きな山形県を旅した。

山形市在住の文芸評論家、池上冬樹さんが主催する文芸セミナー「山形小説家・ライター講座」に呼ばれた。池上さんは二〇〇〇年からこの講座を続けている。ミステリ作家の柚月裕子さんはこの講座の出身。

池上さんに呼ばれるのは今回で三回目。山形県が好きなので誘われるとすぐに応じる。

一月末の山形市内は、驚いたことに雪がまったくなかった。地元の人は「こんなに雪がないのは生まれて初めて」と言っている。

屋根の雪降ろしのことを考えたら雪はないほうがいいのだが、雪はサクランボを始め、農作物には「恵み」にもなる。暖冬のために夏、農作物に影響が出ないといいのだが。

池上さんの講座で、今回、佐竹幸子《ゆきこ》さんという書き手を知った。山形市から出ているローカル鉄道、左沢《あてらざわ》線の終点、左沢駅のある大江町在住。農家の女性で、行商で暮しを立ててきた。年齢は七十歳くらいか。

これまで池上さんの講座に通い、生活感あふれる随筆を書き続けた。池上さんの尽力で、それらをまとめて地元の出版社が一冊の本にした。

佐竹幸子『星ふる村落《むら》からこんばんは』（書肆犀、二〇一一年）。今回、池上さんからこの本を贈られた。

これが面白い。佐竹さんの田舎町での暮しが題材になっている。

例えば「小さな幸せ」。

夫（建具師）と、町にできた温泉施設に行く。湯に入っていい気分になる。上がって、二人で近くの食堂に「中華そば」を食べに行くことにする。二人とも還暦まで一生懸命、働いた。「夏は、あぶら汗を垂らしながら、冬はホッカイロを背中や肩や長ぐつの底に四個も使って、寒さを凌いで働いてきた」。還暦になろうとするいま、二人でたまに「中華そば」を食べても罰は当らないだろう。

店に入ってそばを注文した。かわいい女の人が注文の品を運んできた。

最後はこう結ばれる。「女の人が『はい、お待ちどうさま』と言って、湯気をともなった『しあわせ』をふたつ、運んできてくれた」。「中華そば」が「しあわせ」になっているのが微笑ましい。この夫婦の慎ましい暮しが温かく伝わってくる。

工場で働いていたが人付き合いが苦手で、やめてしまい、四十二歳になって行商の仕事を始めた。行商は一人でできるので気が楽。高校生の娘から、恥しいからやめてと言われたこともあるが、病気の母を抱え、不景気で仕事の減った夫を支え二十年以上、行商を続けてきた。

佐竹さんは短歌も詠む。心に残る歌がある。

「行商を理解する日の遠き娘と雨にあぶれし夫と飯食う」

「行商の今日の儲《もうけ》を病む母に多めに告げて粥の米とぐ」

池上さんが、この人の文章に惚れ込んで本にしたいと思ったのもよくわかる。


今回の山形行きは新潮社のKさんと、台湾の翻訳家のエリーさん（黄碧君）が同行してくれた。山形市内での懇親会のあと、三人で左沢線に乗り、昨年の夏に行って以来の寒河江《さがえ》に行く。山形県に来たら何はともあれ寒河江だ。前回行った居酒屋が日曜日なので休みだったのは残念だったが、ホテルの近くにいい居酒屋を見つけ、改めて寒河江はいい町だと思った。

そういえば、講座の生徒で、猫についての随筆を二本発表した河田充恵《こうだ》さんという女性が、山形の良さについて面白いことを言っていた。河田さんは、ご主人と東京の荻窪でポルトガル料理店を開いていたが、数年前にリタイアして、ご主人の実家のある山形市内に移り住んだ。

「山形の暮しはどうですか？」と聞くと、河田さんは笑顔で言った。「とてもいいです。東京は変化が激しくもう追いついてゆけない。山形は昭和の暮しが残っているから落着きます」。

山形市の人口は二十五万人ほど。このくらいの人口が年寄りにはいいのかもしれない。

寒河江で一泊したあと、そのまま東京に帰るのもつまらない。Kさんの発案で、米坂線に乗って、新潟経由で帰ることにした。Kさんもだいぶ鉄分が濃くなってきている。

米坂線は山形県の米沢と新潟県の坂町を結ぶＪＲのローカル線。昭和十一年の開業。沿線に有名な観光地もないし、大きな町もないので、全国的にはあまり知られていない。きわめて地味な路線。実は、私自身、東北のＪＲのなかでここだけは乗ったことがなかった。米沢から出た二両の気動車はかなり混んでいた。鉄道好きらしい一人旅の中高年男性が何人か目についたのはうれしいことだった。

（「東京人」二〇二〇年四月号）

荷風を追って、桜咲く新川へ。

江戸川区のほぼ中央を東西に流れる新川という川がある。江戸時代のはじめに、行徳の塩を江戸に運ぶために開削された運河。

同じ目的で作られた江東区の小名木川と荒川を横切ってつながっている。小名木川のことはよく知られているが、新川はあまり語られない。地元の人以外にはよく知られていないのではないか。塩を運んだ川として、小名木川と共に江戸にとって重要な川なのに。

二月の暖かい日、新川べりを歩いた。

都営新宿線の船堀駅で降り、西へ十分ほど歩くと、中川と荒川を見渡す堤に出る。このあたりでは、二つの川はほぼ接する形で流れている。川のあいだの中堤の上には高速道路が走っている（中央環状線）。

堤の上に立つと、目の前に中川、その向こうに荒川が見える。対岸は江東区で、小名木川に入るところ。昭和五年に荒川放水路ができるまでは、新川がそのまま小名木川につながっていた。

一九八〇年代まではこの中堤のところにも短い運河があり、そこに背の高い水門が東西に二つ向かい合うように作られていた。高速道路の建設にともなって取り壊された。

一九六〇～七〇年代の東京を撮り続けていた写真家に春日昌昭さん（一九四三～八九）がいる。墨田区の生まれで、下町の風景を好んで撮った。一九六六年に作品「浅草」で平凡社の準太陽賞を受賞している。

春日昌昭さんは、四十代の若さで死去したが、最後の時期、好んで撮っていたのは荒川や江戸川の水門だった。

没後、編まれた写真集『街の軌跡』（春日昌昭写真展実行委員会、一九九〇年）に収められた最後の写真は「船堀水門」（一九八一年）。

荒川と中川のあいだの中堤のところにあった二つの水門をとらえている。海に突き出た突堤のような中堤に立つ二つの水門はどこか墓標のように見える。


この二つの水門があったところの西側から新川がはじまる。安藤広重の「名所江戸百景　中川口」は、小名木川から中川方向をとらえているが、中川の向こうに新川が見えている。

河口には現在、「新川西水門広場」が作られ整備されている。新川の水門は一九七六年に取り壊されたが、その一部分が記念に残されている。古い塔のようで、植物におおわれている。

永井荷風は昭和のはじめ、このあたりを歩いている。『断腸亭日乗』昭和六年十二月二日。この日、荷風は当時、現在の江東区東部を走っていた私鉄、城東電車に乗り、荒川放水路の土手下で降りる。「堤防を歩みて船堀橋に至り枯草の上に坐して憩ふこと須臾《しゆゆ》なり。橋の下流にセメントにて築上げたる方形の塔の如きものあり、枯蘆《かれあし》を隔てて対岸にも同型のもの屹立す」。

この船堀橋の下流に見える「方形の塔の如きもの」が、のちに春日昌昭さんが撮った「船堀水門」と思われる。「枯蘆を隔てて対岸にも同型のもの屹立す」とあるのは、新川の西水門のことだろう。

昭和のはじめ、荷風はここまで来ていたか。東京散策者としての荷風の行動力にいまさらながら驚く。

荷風は、房総通いの船を見る。「此の汽船は思ふに小名木川をつたひ放水路を横切り船堀の堀割に入りて行徳に通ふものなるべし」。

「船堀の堀割」がまさに新川のこと。現在語られることの少ない新川をすでに荷風は、昭和のはじめに目にとめていた。

昭和九年に発表された小説『ひかげの花』では、主人公の私娼お千代の娘たみ子は、幼い頃、「船堀のおばァさん」に育てられたことを懐しく思い出すが、これは、『日乗』に記された昭和六年十二月二日の散策の結果だろう。


新川沿いは現在、遊歩道になっていて平日でも散歩を楽しむ人が多い。さすがに川にはもう船はないが、昭和戦前期まで、小名木川と同じく房総通いの蒸気船が走っていた。遊歩道にはその小さな模型が飾られている。水車の付いた外輪蒸気船。かつてミシシッピを航行したショウボートを思わせる。

小名木川沿いは高い建物が多いが、新川沿いは二階建ての個人住宅が並ぶ。そのため空が広い。緑も多い。

川べりには桜が植えられている。「新川千本桜」というそうだ。この時期、河津桜はもう満開。川にはカモ、キンクロハジロがいる。海が近いせいかカモメも見える。東京二十三区内にこんな静かな水辺の住宅街があったか。

西水門から三キロほど歩いて東水門に着く。新川はここから旧江戸川に入る。川の向こうは市川市。そのあいだに、東京二十三区内の唯一の島として知られる、妙見島《みようけんじま》が見える。詩人の草野心平は、戦後、一時、この島で暮したことがある。

旧江戸川に沿って上流へと歩く。旧江戸川と新中川がぶつかるところにある瑞穂大橋を渡ると江戸川四丁目。以前はこのあたりは今井といった。東京の東のはずれ。

驚くことに、荷風はここにも足を運んでいる。『日乗』昭和六年十二月七日。この日、荷風はまた城東電車に乗り、現在の錦糸町から小松川まで行く。「荒川放水路に架けられし長橋を渡り、再び電車にて今井町の終点に至る。江戸川に架けられし橋あり、橋下浦安に通ふ自働乗合船の桟橋あり」。

荒川放水路に架かる「長橋」（小松川橋）を渡り、現在の江戸川区に入る。そこから路面電車に乗り、終点の今井で降りる。目の前を旧江戸川が流れている。「江戸川に架けられし橋」は今井橋のこと。橋を渡れば市川市になる。

この日の荷風の散策は、この橋の手前で終っているが、戦後、荷風が市川市に移り住むのは偶然とはいえ、東京散策者として必然の選択だったかもしれない。荷風にとっては「東京の東」が愛すべき土地だった。

新型コロナウイルスの突然の発生で、落着かない日が続いている。

思い出して、何年ぶりかでカミュの『ペスト』（宮崎嶺雄訳、新潮文庫）を読む。

フランス統治時代のアルジェリアの港町オランで突然、ペストが発生する。一九四×年のこと。「四月十六日の朝、医師ベルナール・リウーは、診療室から出かけようとして、階段口のまんなかで一匹の死んだ鼠につまずいた」。それが前触れだった。そこから町は思いもかけない大パニックになってゆく。

次々に鼠が死んでゆく。「四日目からは、鼠は外へ出て群れをなして死にはじめた」。町は非常事態に陥る。市の門は閉ざされ、外部との接触が禁じられる。手紙を出すことさえできなくなる。死者が出始める。市民は食料を求めて商店に殺到する。市の門から外へ出ようとする者を阻止するために軍隊が出動する。死体を焼く火葬場の処理能力が限界を超えてくる。

カミュはペストという「不条理」に襲われた町の混乱を克明に描いてゆく。他人事には思えなくなる。

ただ、不思議なのは、この災厄がある日、突然、終わること。それがなぜなのかは説明されていない。菌が極限まで達して、力を失なったのか。

ある日、町に再び、鼠が現われ、走りまわる。それを見て市民は喜ぶ。ブラックな終わり方をする。

現在の新型コロナウイルスの流行が不安を与えるのも、それが、いつ、どういう形で終息するのかわからないことにある。

新薬が作られるのか、それとも『ペスト』に描かれたように、極限まで達するとウイルスは自然に消えてゆくのか。そこがわからないから不安が増す。


クラシック音楽好きの知人に岩波書店の編集者、Kさんがいる。よく誘い合ってコンサートに行く。

彼女は、ピアノを弾くし、ヴァイオリンとヴィオラも弾く。アマチュアのオーケストラ（友好音楽祭オーケストラ）の一員になっている。

二月の半ば、中野のなかのZERO大ホールで開かれた、このオーケストラの演奏会に行く。やはりよく一緒にクラシックのコンサートに行く、元岩波書店の編集者、林建朗さんを誘う。

コンサートは「第三回 東京・ヨーロッパ友好音楽祭 チャリティコンサート」と題されている。主催者の安宅未来氏によれば「友好音楽祭オーケストラは、『世界で活躍する一流の奏者と音楽愛好家の交流を深め、チャリティを通して社会貢献につなげる』ことをめざし、活動しているアマチュア・オーケストラです」。

二〇一七年に設立され、ベルリン・フィルやウィーン・フィルの奏者たちと共演を重ねてきた。

今回は、ウィーン・フィルの首席チェロ奏者、ハンガリー出身のタマーシュ・ヴァルガとの共演。演奏されたのはエルガーの「チェロ協奏曲」とドヴォルザークの「交響曲第八番」。指揮の中島章博は理系出身という。

Kさんはヴィオラを弾く。ドヴォルザークの八番が素晴しかった。指揮も若々しく、力強い。アマチュアのオーケストラがこれだけいい音を出すとは驚きだった。エルガーの「チェロ協奏曲」を独奏したタマーシュ・ヴァルガが、「交響曲第八番」では、オーケストラの一員として演奏したのも好ましい。

ドヴォルザークといえば、偉大な音楽家としては珍しく鉄道ファンだったことで知られている。プラハの中央駅に出かけては、蒸気機関車を見るのを楽しみにしていたという。

（「東京人」二〇二〇年五月号）

全線開通した常磐線に乗って、富岡町へ。

マスク不足がいわれるが、電車に乗ると大半の人がマスクをしている。どこで、どうやって手に入れているのだろう。マスクをしていないと車内で肩身が狭い。

近くのドラッグストアには、開店の一時間も前からマスクを求める人の列ができている。あそこまでしないと手に入らないとすればあきらめるしかない。

そう思っていたら、このところ、何人かの親切な知人からマスクを贈られた。うれしいことだ。皆さん、独居老人のことを心配してくださっている。

永井荷風の日記『断腸亭日乗』には、戦時中から終戦後の物資が払底してゆくなか、荷風が知人たちから援助を受け、それを素直に喜び、感謝する記述が目立つようになる。

例えば、昭和十八年一月二十一日、「小堀四郎氏過日その夫人と共に来訪の際わが家炭火の乏しきを見て近き中《うち》炭俵を送るべしと言はれしが、果してその如く、今日の午後豪徳寺畔の家より遠路をいとはず炭俵を自転車に積み訪《と》ひ来《きた》れり。深情謝するに辞《ことば》なし」

小堀四郎は画家。その夫人は森鷗外の次女で作家となった小堀杏奴《あんぬ》。

昭和十九年の一月一日には、近年、不自由している食物を送ってくれる人、小堀杏奴をはじめ六人の名前を挙げ感謝している。「めぐまる」という言葉が、この時期の『日乗』には頻出する。独居老人としては、人の好意が素直にうれしかったのだろう。「めぐまる」の語には、以前の狷《けん》介孤高《かいここう》はもう感じられない。

親切な知人たちからマスクが贈られると、荷風の「めぐまる」の気持がよく理解できる。

マスクを贈られたので、安心して電車に乗れる。他の乗客からにらまれずにすむ。

三月のなかば、外出自粛がいわれるなか、気が引けるが、久しぶりに遠出をする。

三月十四日に、3・11以後、長らく運転休止区間のあった常磐線が全線運転を再開した。福島第一原発に近い富岡─浪江間、約二〇・八キロが運転再開区間。

平日の朝、上野から仙台行きの特急ひたちに乗る。車内は思ったより混んでいる。それでも水戸を過ぎ、さらにいわきを過ぎ、第一原発が近づいてくるとさすがに乗客の数は少なくなる。車内に残っている多くは鉄道好きのようだ。

特急は、いわきのあと、広野、富岡に停車する。今回の旅の目的地は富岡の隣りの夜《よ》ノ森《もり》駅にしている。駅前に桜並木があるので知られる。

しかし、夜ノ森には特急はとまらない。次の各駅停車まで二時間以上、富岡で待たなければならない。

それならいっそ歩いてしまえ、と歩くことにした。一人旅ではタクシーにはめったに乗らない。歩いたほうが町の様子がわかる。

富岡駅は新しくなっている。ここは海に近いため、3・11で駅舎が津波にやられた。駅周辺の被害も大きかった。駅の海側（東側）はいまでも大半が更地になっている。西側は少しずつだが、新しい住宅が建っている。ホテルもある。これも最近、建てられたものだろう。

商店は、駅舎のなかに食堂兼土産物屋があるだけで他には見えない。駅周辺のどの家も新しいので、まるで住宅展示場のなかを歩いているよう。

平日の午前中のせいか、人の姿はほとんど見えない。時折りトラックが通り過ぎてゆくくらい。十五分ほど歩くと、国道沿いに大きなスーパーとホームセンターがあった。ここも新しい。スーパーのなかに入ると思ったより人が多いので安心する。ここが町の生活の拠点になっているようだ。

ホームセンターを覗くと廉価版のＤＶＤのコーナーがあり、仲代達矢が出演したためずらしいマカロニ・ウエスタン『野獣暁に死す』（一九六八年）が置いてある。思わず買ってしまう。こんなＤＶＤがあるのは、日常が戻りつつあることのささやかな証しだろうか。

富岡駅から夜ノ森駅までは地図を見ると五キロ強。二時間も見ておけば大丈夫だろう。国道から横道にそれると急に車の数は少なくなる。たまに工事用のトラックが通るくらい。車体に「龍虎会」と書いてある。トラック野郎なのだろう。

商店はほとんどない。たまにぽつんとラーメン屋があったりすると「日常」を感じさせてほっとする。動物病院があるのもうれしい。

この日の朝刊には、東京オリンピックの延期が報じられていた。このあたりは聖火が走ることになっていたが、それも延期になったようだ。

民家の前で花の手入れをしている老女性に会う。夜ノ森まで歩いているというと、そんな人間にははじめて会ったと驚かれた。地方は車社会だから仕方がない。

常磐線のガードをくぐると道はなだらかな坂道になる。人家はほとんど見えない。雑草だらけの空き地が続く。

一時間ほど歩いて、ようやく夜ノ森の桜並木にたどり着いた。夜ノ森駅の東側に一キロほど続く。以前は桜の名所だった。

桜はまだだった。それより驚いたのは、並木の西側はまだ「帰還困難区域」に指定されていたこと。常磐線が再開したから、町は元に戻っているかと思ったが、まだ「非日常」が続いていた。

道路はあちこちで「立入禁止」になっていて警備員が立っている。3・11のあと人の住まなくなった家や、閉ざされた商店――コンビニ、スーパー、美容院などが放置されたままになっている。「非日常」で凍結されている。

十字路のところに桜の「開花基準木」があるが、残念ながらまだつぼみの状態。開花したら少しは人が出るのだろうか。

開花基準木の隣りに碑がある。地元の坂本雅流《まさる》という俳人、書家（大正十五年生まれ）の句碑で「花吹雪　南二丁目　三丁目」とある。かつては、町の人たちが桜の開花を賞《め》でたのだろう。

並木道に面して、大きな建物があってそこも閉ざされたままになっている。なんの建物なのだろう。まだ新しいのにもったいない。

女性の警備員が立っていたので、夜ノ森駅までの道順を聞く。親切に教えてくれる。本当はわかっていたのだが、誰かと「日常」の会話をしたかった。


夜ノ森駅（大正十年開設）は海から離れたところにあるので津波はこなかった。再開に合わせて新しくなっていた。

東口にぽつんと一本、桜があり、その桜はほぼ満開だった。

夜ノ森駅は切通しのような谷のあいだにある。東京でいえば山手線の駒込駅に似ている。谷の両側、東と西を新しい跨線橋がつないでいる。

東側には商店がひとつもなかったので、西側に行ってみる。やはり商店は見当らない。せっかく駅が再開したのに、休憩する店がないのか。残念に思っていると一軒だけ美容院がある。女性が、店の前の植木の手入れをしている。「このあたりに食事をする店はないか」と聞くと、「何もない」とのこと。

仕方がない。一時間近く、駅で待つかと思ったところ、この女性、親切に「よかったら、店に入って、お茶でもどうぞ」と言ってくれる。「駅には、座る椅子もないのよ」。

その言葉に甘えることにした。美容院の一角は喫茶店のようになっていて、コーヒーを入れてくれただけではなく、手製の漬物まで出してもてなしてくれた。

佐々木千代子さんというエステティシャンで、妹さんと二人で美容院を開いている。地元の人で、最近、店を再開したという。

常磐線の再開のあと、時折り、私のような鉄道好きがやってくる。駅のまわりには食堂ひとつないので、この美容院で休憩してもらっているという。

なんと親切な。

駅の東、さっき歩いてきた桜並木のあるほうはまだ「帰還困難区域」になっているが、美容院のある西側は三年前に避難指示が解除されて、店を再開したという。「なんだか、こっち側ばかりよくて、向こうの人に申し訳なくて」

ただ、それでも戻ってくる人は少なくて、店も毎日の営業ではなく不定期だという。たまたま私は、店が開いている日に通りかかったので運がよかった。並木道にあった大きな建物は、町立の温泉施設だったという。「町の人の憩いの場所だったんですが、あんなになっちゃって」。

夜ノ森駅は土手に咲くツツジで知られる。この点でも駒込駅に似ている。五月中旬、ツツジの季節にまた来てみよう。その頃に、新型コロナウイルスが収まっているといいのだが。

夜ノ森駅から各駅停車でいわき駅に出る。いわきで上りの特急に乗り換える。時間が一時間ほどある。こういうときは、することは決まっている。

いわき駅の駅ビルのなかにある大衆食堂、半田屋に直行。

ここは、小さな会社の社員食堂のような感じ。私の好きな函館駅前の津軽屋食堂にも似ている。いろいろな惣菜が並んでいて、好きなものを選べる。ビールと酒もある。

野菜の天ぷらと玉子焼きを肴に、いわきの地酒を燗酒で飲む。幸せな「日常」の気分になる。いわき市で地元紙「日々の新聞」を出している友人の安《あ》竜《りゆう》昌弘《まさひろ》氏からの最近の手紙に、はじめて半田屋に行ってよかったと書いてあったのがうれしい。

この店のポスターは、ワカメちゃんのようなおかっぱの女の子が丼飯を食べている豪快な写真で、惹句に「生れた時からどんぶりめし」とある。なんとも楽しくなる。

この店は、一九五四年、まだ食糧事情のよくなかった時代に、仙台のジャンジャン横丁に店を出したのが始まりだという。

杉並区のわが家の近くにも、こんな大衆食堂があると独居老人には有難いのだが。

（「東京人」二〇二〇年六月号）

一人、善福寺川沿いを歩く日々。

先月、常磐線に乗って福島県の富岡町に行ったが、緊急事態宣言が出たいまとなっては、遠い昔のように思えてくる。

あれ以来、さすがに旅には出られなくなった。家にとじこもり、冬眠中の熊のような暮しが続いている。人に会うのは、三月のなかばに台湾の友人たちと会食したのが最後になった。

寂しいが、この状況下では仕方がない。

もともと、もの書きという職業は座業だから一日家にいることには慣れている。これまでも大きな仕事をするときは、一週間ほど、宅配便の人のほかは人に会わないことがよくあった。

もの書きにとって一番大事なのは、孤独な時間をいかに多く作るかということだろう。

亡き作家、安岡章太郎はこんなことを言っている。「どんな芸術家にとっても、才能を枯渇させずに育て上げていくには孤独が絶対の条件だ」(『天上大風』世界文化社、二〇〇三年)。

とすれば、いまの状況はもの書きにとってはいいのかもしれない。

旅に出られなくなったのはつらいが、朝の散歩はしている。

朝、善福寺川に沿って一時間から二時間ほど歩く。これはいままでどおり。外出自粛がいわれても、公園を散歩するのは決して悪いことではないので、このところ川沿いをジョギングしたり、散歩したり、犬を連れて歩く人は以前よりずっと増えている。

桜は終ってしまったが、緑地には著莪《しやが》や日々草《にちにちそう》の群落があって目を楽しませてくれる。何より、この季節、新緑が鮮やかで、どこまでも歩いてゆきたくなる。

以前より足を延ばして、除厄け祖師として知られる日蓮ゆかりの寺、堀ノ内の妙法寺まで行く。ここにお参りをし、寺の前にあるスーパー、サミットストアで買い物をする。開店早々は幸いに空いている。

妙法寺の本堂のうしろの雑木林には、この近くに住んだ作家、有吉佐和子の文学碑がある。鉛筆の形をした六角形の碑。碑のうしろには、設立に携わった吾妻徳穂、杉村春子、竹本越路大夫、山田五十鈴の名が刻まれている。

妙法寺には、若き日の永井荷風も訪れている。『断腸亭日乗』昭和六年九月三十日にこうある。

この日、荷風は愛妾関根歌に持たせていた麴町の待合を手放すにあたって家主との交渉のため、当時は市外だった馬橋《まばし》に出かける。

「馬橋といふは堀の内よりすこし北に寄りたる処にてむかしの青梅街道なり、新宿より中野和田堀杉並などを経て阿佐谷まで電車あり、堀の内までは乗合自動車通へり、二十年前（大正改元の頃なり）亡友唖ヤ子《ぼうゆう》と屢《しばしば》十二社池畔の茶亭に飲み堀の内祖師堂に詣でしことあり」

家主と会うために馬橋に出かける。新宿からの「電車」は青梅街道を走っていた当時の西武電車。のち東京市の市電になり、戦後、都電になった。東京オリンピックの昭和三十九年に廃線になっている。

荷風はこの「電車」に乗って馬橋に行き、近くにある「堀の内祖師堂」（妙法寺）に若き日、いまは亡き友人の井上啞々《ああ》と出かけたことを思い出している。西新宿の十二社から出かけた。「大正改元の頃」は、まだ「電車」はないから徒歩で行ったのだろう。

荷風ゆかりの寺と知ると、毎朝、散歩の折りにこの寺に立ち寄るのが楽しくなる。サミットが九時に開店するまで、境内の椅子に座って、やはり寺の前にあるセブン-イレブンで買い求めた「東京新聞」を読む。

コロナ禍の前は、散歩のあと新高円寺のドトールでコーヒーとモーニングを頼んで新聞を読んでいたのだが、さすがにこの状況では客の多い店に入るのは控えるようになった。店のきれいな女性たちに会えなくなるのは寂しいのだが。

小学館の月刊誌「サライ」からインタビューの話が来る。テーマは「高齢者の一人暮し」。この時期に人に会うのはと一瞬ためらったが、しばらく冬眠中の熊状態で人恋しくなっていたし、インタビュアーがよく「サライ」の仕事で一緒に旅をするUさんなので引き受ける。天気のよい日、善福寺川緑地のベンチで距離を保って話をする。高齢者の一人暮しはいかに大変か、そして、それなりに楽しいかを話す。

Uさんは小金井市の在住。同市で「184《いちはちよん》」というフリーペーパーを作っている。最新号をもらった。

これがすこぶる面白い。

東京の「小金井市」に住む人たちが、日本各地の同じ地名の「小金井」を旅する。栃木県下野市の小金井、群馬県太田市の新田小金井町、千葉県東金市の小金井、福島県会津若松市の小金井町。面白い企画だ。

べつに姉妹都市でもないのだが、同じ名前の町というのは気になるもの。東京と地方の町が〝同姓〟ということで結びつく。

私自身、なんの縁もない町だが、名前が同じということで島根県の川本町が好きになり、何度か旅しているし、ふるさと納税もしている。名前が同じだと自然と親しみが湧くもの。

知人の、静岡県沼津市で歯科医をされていた大津憲一さんは、全国の「大津」という名の地を訪ね歩き、私家版で『「大津」を訪ねて三千里』（二〇一四年）という実に楽しい本を出された。

「東京人」でもこの企画をしてみてはどうだろう。いろいろな書き手に、日本全国の自分と同じ名前の町に行ってもらう。東京と地方の距離が少しでも近くなるといい。

それにしても岩手県が四月二十七日現在、感染者ゼロというのは奇跡だ。盛岡に行きたくなるが無論、歓迎されまい。

原武史さんの新著『地形の思想史』（角川書店、二〇一九年）は、日本の地形に日本近代史の主として負の歴史を重ね合わせてゆく実に面白い本だが、このコロナ禍のなかで読むと、ひとつ強く印象に残る章がある。

『『島』と隔離』の章だ。

瀬戸内海に似島《にのしま》という小さな島がある。広島県。ここには明治三十八年（一九〇五）に陸軍の検疫所が置かれた。

何のためだったか。「日本の『外』から持ち込まれる可能性のある病原体を一カ所に集めて消毒したり、患者を隔離したりするための施設であった」。

明治二十七年から二十八年にかけての日清戦争では、軍人たちが戦地から病原体を持ち込み、国内で赤痢やコレラが大流行した。

それに対処するため、後藤新平の建議を受け、児玉源太郎が広島に近い似島に「世界最大級の大検疫所」を開設したという。

明治の日清戦争のときに、すでに「外」からの病原体に対する対策が立てられていたとは。昔の官僚や政治家は偉かったと思わざるを得ない。

後藤新平と児玉源太郎は戦前の台湾統治に深く関わった。その台湾でいま、蔡英文《ツァイインウェイ》政権が日本に比べればはるかにすぐれた新型コロナ対策を打ち出していることを思うと、彼我の政治家の資質の差を感じざるを得ない。

台湾の蔡英文、ドイツのメルケル、ニュージーランドのアーダーンなど、このところ、世界の女性指導者のコロナ禍でのリーダーシップのみごとさが目立つ。

イギリスでは九十四歳になるエリザベス女王が国民にメッセージを寄せた。こういう危機のときに「女王」の存在は大きい。

エリザベス女王の演説は最後“We will meet again”（また会いましょう）で締めくくられた。映画ファンなら、このフレーズ、すぐにわかる。スタンリー・キューブリック監督の第三次世界大戦の恐怖を描く『博士の異常な愛情』の最後に使われたヴェラ・リンのヒット曲の引用である。非常時のメッセージに、こういう引用をする女王のセンスには感服する。これなら国民も喜んで「自粛」するのではないか。

もうひとり、このところ注目したい女性がいる。新型コロナ問題のテレビ番組によく登場している白鷗大学の感染症の専門家、岡田晴恵さん。

家にいる時間が長くなり、テレビのニュース番組を見る機会が増えたが、この岡田晴恵さんの言っていることがきちんとデータの裏付けがあっていちばんわかりやすい。ここまで事態を悪化させた政治家への静かな怒りも感じられて共感できる。

昨日、久しぶりに鎌倉在住の故澁澤龍彥夫人の龍子さんから「元気ですか？」のうれしい電話があった。話しているうちに岡田晴恵さんのことになり、龍子さんも「私のまわりもみんなあの人のファンよ」と言うので、意を強くした。しばらくあの人に、コロナ対策の陣頭指揮をとってもらいたい。

この状況下、旅に出られないのもつらいが、もうひとつ、クラシックのコンサートに行けないのも寂しい。

五月に予定されていたピアニスト、アンジェラ・ヒューイットのバッハのコンサートも来年に延期になってしまった。

テレビを見る時間が増え、あるとき、おもしろい番組を見つけた。NHKのBSで放送されている「駅ピアノ・空港ピアノ・街角ピアノ」。世界各地の駅や空港や街角に置かれたピアノを旅行者が自由に弾く。日本では確か浜松駅で見たことがあるが、世界にはこんなにあるのか。ピアノを弾ける人が羨しくなる。

(「東京人」二〇二〇年七月号)

紫陽花と山高登さん。

紫陽花の季節になった。

朝、善福寺川緑地を散歩していると、あちこちに紫陽花が青（紫）や赤の花を咲かせていて、思わず見入る。

亡妻は紫陽花が好きで、まるでその花に誘われるように六月に逝った（早いもので今年〈二〇二〇年〉、十三回忌になる）。戒名には「紫文院」と紫陽花の紫を入れた。

紫陽花を大別すると、日本固有のガクアジサイと、幕末にそれが西洋に伝わり改良された、より大きな花を咲かせる西洋アジサイとに分かれる。西洋アジサイは戦後、日本に逆輸入され、広く普及していった。現在、紫陽花というとこちらを指すことが多いようだ。

シーボルトがガクアジサイの美しさに惹かれ、愛人だった長崎丸山遊廓の遊女おたきさんに因んで学名を「オタクサ」と名付けたことはよく知られている。シーボルトは、これを西洋に持ち帰ったという。

西洋で改良された大型の花をつける西洋アジサイは、二十世紀になって大人気になる。

それをよくあらわしているのが、ヴィスコンティの『ベニスに死す』（一九七一年）だろう。一九一〇年代のヴェネチアを舞台にしている。主人公は、トーマス・マンの原作では作家だが、ヴィスコンティはそれをマーラーを思わせる作曲家にかえている。

ダーク・ボガード演じる主人公が、リド島の豪華なホテル・デ・バンに滞在することになる。よく見ると、このホテルのロビーや部屋にはアジサイが置かれ、青や紅の大輪を咲かせている（よく知られるようにアジサイは酸性土では青、アルカリ土では紅い花をつける）。

いちばん印象的な場面、主人公が夕食を待つあいだ、サロンで美少年タジオを目にとめるところ、このサロンには随所にアジサイが置かれ「アジサイの間」と呼びたいほど。

二十世紀のはじめ、いかにアジサイが珍重されていたかがよくわかる。

アジサイが印象に残る映画がもう一本ある。

ハリウッドのレジェンド、リリアン・ギッシュとベティ・デイヴィスが老姉妹を演じた『八月の鯨』（一九八七年、リンゼイ・アンダーソン監督）。

老姉妹が、夏のあいだ、メイン州の島の海辺に建つ小さな別荘で過ごす。別荘のまわりの庭には薔薇や苺の花が咲く。なかにアジサイがある。

老姉妹（ちなみに実年齢では年上のリリアン・ギッシュが妹を演じている）は、よく庭を散歩する。妹は、目が見えなくなった姉に、アジサイを触らせて、言う。

「アジサイがとてもよく育っているのよ」

花に触れながら姉が言う。「私たちが若い頃に母が植えたものね」。

老姉妹の若い頃だから『ベニスに死す』と同じ一九一〇年代か。ヨーロッパだけではなく、アメリカでもアジサイが流行したのだろう。北部のメイン州では八月にようやく咲くようだ。

年を取ると、清楚な日本のガクアジサイがいいと思うようになる。

日本画家、安田靫彦《ゆきひこ》に「挿花」（一九三二年）という絵がある。青い着物を着た日本美人が花瓶に花を生けている。

花は一輪のガクアジサイ。着物姿の日本女性にはガクアジサイが似合う。この絵はポストカードになっているので、この季節、よく利用する。

コロナ禍の外出自粛で旅に出られないのと、古書店に行けないのがつらい。

幸い何軒かの古書店が目録を送ってくれるので、それを見て欲しい本を注文する。古書の通信販売。

なかでもY書店は荷風関係の本が充実しているのでよく利用している。

先日、届いた目録を見ていたら、戦後刊行された総合雑誌「新生」がある。残念ながら揃いではなくバラで四冊だが、貴重なものなので早速注文。幸い、買うことができた。

小包をほどくとき、少しわくわくした。荷風好きとして、「新生」の名前は知っていたが、実物を手にするのははじめて。

「新生」は、終戦直後の混乱期、昭和二十年十月に創刊された総合誌。終戦からわずか二ヵ月ほどで出たので大評判になり、三十六万部刷って即日売り切れたという。

この「新生」の編集に関わった福島保夫の回想記『書肆「新生社」私史　もと編集部員の回想』（武蔵野書房、一九九四年）によれば、発行者は青山虎之助という岡山出身の三十一歳の文学青年。丸善石油に勤めていて若い頃から荷風を愛読していたという。

終戦直後、ライバル誌がまだなかったため、また、破格の原稿料で錚々たる作家や学者に原稿を依頼したため「即日完売」するほど評判になった。

荷風はこの雑誌に随筆「亜米利加の思出」、小説「勲章」、さらに『断腸亭日乗』の一部となる「羅災日録」を寄せている。

前出、福島保夫の回想記によれば、「新生」は、「常識外の高額の原稿料」を出した。通常、四百字一枚三円から五円だった時代に、三十円から五十円にし、一流作家には百円出した（米が一〇キロで六円の時代）。

荷風は戦後、市川に移り住む前に、一時、熱海に仮寓したが、青山虎之助は、わざわざ熱海に荷風を訪ね、原稿を依頼している。

『断腸亭日乗』昭和二十年十月十五日、「朝九時新生社青山虎之助氏刺を通じて面会を求む。新刊の雑誌を出すにつき来月半頃までに一文を寄せたまへと言ふ、原稿料一枚百円より二百円までなりとの事なり、物価の暴騰文筆に及ぶ、笑ふ可きなり」。

「笑ふ可きなり」と書きながら結局は、原稿を引き受けている。明日の暮しさえ不透明な戦後の混乱期にあっては、孤高の荷風にしても、高額の原稿料はやはり有難かったのだろう。

青山虎之助は高額の原稿料を支払うだけではなく、独居老人として不自由な暮しをしている荷風を気づかって、缶詰など食料を送っている。時には冬の寒さに備え、炭俵まで送っている。新興の出版社としては大家とのつながりを大事にしたからだろうし、何よりも青山は荷風を敬していたのだろう。

Y書店から送られてきた「新生」四冊は、七十年以上も前のものなのに、思ったより保存状態がよく、現在でもきちんと読むことができる。

ただ終戦直後のものだからザラ紙だし、仮綴じで丁寧に扱わないとボロボロになりそう。執筆陣は評判どおりで、作家では、荷風の他に、谷崎潤一郎、正宗白鳥、宇野浩二、井伏鱒二の名が並んでいる。表紙の絵が中川一政というのも凄い。

決して戦後、数多く出た粗末な雑誌、いわゆるカストリ雑誌ではない。

例えば、手元に、荷風の『春情鳩の町』を掲載した「小説世界」（昭和二十四年）という雑誌があるが、これなどヌード写真が入った明らかにカストリ雑誌なのに対し、「新生」は堂々たる総合誌である。

福島保夫の回想記を読むと、執筆依頼した作家には、梅崎春生、宇野浩二、太宰治、坂口安吾、平林たい子、田宮虎彦、尾崎士郎、広津和郎、吉川英治らの名がある。

「新生」というと、戦後のドサクサに生まれた、いい加減な雑誌と評されることがあるが、実物を見ると、決してそうではない、むしろ志の高い雑誌だったことがわかる。

ただ、残念なことに短命で終った。

「新生」の成功のあと、次々に新しい雑誌「女性」「花」「東京」と手を広げすぎてしまったこと、世の中が落着いてきて老舗の出版社が立ち直ったことなどから、昭和二十四年に新生社は倒産してしまった。

戦後出版史の徒花《あだばな》かもしれないが、荷風好きには忘れられない出版社である。

ノスタルジーの好きな人間として版画が好きだ。とくに木版画は「懐かしさ」を表現するのにもっとも適した表現形式だと思う。

本誌に連載した「荷風と東京」を一九九六年に都市出版から単行本として出版してもらったとき、表紙の絵は、迷うことなく版画家、森英二郎さんに依頼した（装幀は日下潤一さん）。

版画は木の香りがするのがいい。あくまでも手作りの良さがある。善福寺川緑地を朝、散歩していて、ユリノキやケヤキ、クスノキの大木の幹に手を触れると晴れやかな気持になる。版画に接するときも同じ。

好きな版画家に山高登さんがいる。大正十五年（一九二六）、東京生まれ。新潮社の編集者を経て、版画家になった。戦前から戦後の昭和三十年代まで、まだ都電が走り木造家屋が並ぶ懐かしい東京の町を愛し、その失われてゆく風景を版画にしていった。作品集『東京昭和百景』（シーズ・プランニング、二〇一四年）は座右の書。夜、寝る前にこの本を開くと落着いて眠れる。

山高登さんの作品を愛し、よく作品展を開いているキュレーターの伊藤芳子《かおるこ》さんから、山高登さんの書票《エクスリブリス》を集めた小冊子『心に残る木版画書票集』を送ってもらう。

山高さんの仕事のひとつに書票作りがある。この小冊子は、その長年にわたるコレクターである吉池千冬さんがまとめた私家版。和綴なのが木版画書票集にふさわしい。

吉池千冬さんは自身の山高作品のコレクションのなかから百点を選び、「ファンタジー」「本とランプ」「動物・鳥・魚」「明治の風景」「庶民の生活他」「乗り物」の六つに分類して紹介している。まさに珠玉の作品集。

吉池千冬さんの文章を読んでいて、はっとしたことがある。山高登さんは大正十五年生まれ。戦時中、兵隊に取られた。そこで人には言えない苦労をしたことだろう。あるとき、吉池千冬さんにこんなことを語ったという。

「私の版画について評論家は、やれ抒情があるとか抒情的だとか言っているが、兵隊に取られて命からがら帰ってきたときの私の気持ちなんか誰もわかっちゃいないんですよ」

ノスタルジーはとかく感情的とか、うしろ向きとか批判される。彼らはノスタルジーの背後に大きな喪失の悲しみがあることを理解しようとしない。

（「東京人」二〇二〇年八月号）

久しぶりの旅、いすみ鉄道に乗って大多喜へ。

やはり旅はいい。

コロナ禍による緊急事態宣言が何とか解除され、旅ができるようになったので、早速鉄道に乗りに行った。

といっても、感染者の少ない山形県や、奇跡的に感染者ゼロの岩手県には、いくら好きな旅先とはいえ、東京の人間としては行きにくい。近場の房総半島に出かけた。

乗ったのは、いすみ鉄道。房総半島のほぼ中央を走る。外房、九十九里の大原と、内陸の上総中野を結ぶ。途中に、房総の小江戸と言われる大多喜町《おおたきまち》がある。

この大多喜町で一泊する予定にして、大原からいすみ鉄道に乗った。もともとは国鉄の木原線。一九八八年に第三セクターのいすみ鉄道となった。

東京に近いローカル鉄道として、水郡線と並んで好きな鉄道。どちらも里を走る。

大原までは東京駅から特急「わかしお」で一時間半ほど。大原でいすみ鉄道に乗り換える。一両だけの黄色い気動車。最近まで「ムーミン列車」で人気があったが、現在は契約が切れたためか（昨年三月まで）、車体にムーミンはいない。

平日なので空いている。大原を出るとすぐに里の風景が広がる。緑一色の田園のなかを走る。一面の緑が目に心地よい。

田植えの直後の水田風景が好きで、毎年、田植えの季節には東京近郊のローカル鉄道に乗りに行くが、今年はコロナ禍のため、それができなかった。

約一ヵ月遅れの水田の旅となった。稲はもうかなり育っていて、水面の美しさは見られなかったが、それでも、このコロナ禍のなかでも稲が青々と育っている風景には心なごむ。鉄道に乗っていて視界のほぼ一〇〇パーセントが緑というのは、ビルだらけの東京に住む高齢者には恵みになる。いすみ鉄道の広告にある「ここには、「なにもない」があります。」もうなずける。

途中駅の国吉《くによし》駅で降りる。時間の余裕があるので、この町の上総出雲大社と国吉神社に参拝するため。歳を取ると寺や神社が身近になってくる。毎朝の善福寺川緑地への散歩でも、途中の白山神社へのお参りは欠かさない。

国吉駅は、いすみ鉄道の主要駅のひとつだが、残念ながら現在は無人駅。駅舎は二階建ての建物で、市の商工会が入っている。

その待合室に面白い写真が飾ってあった。自民党の元幹事長、石破茂氏が三年ほど前にいすみ鉄道に乗ったときの写真。鉄道好きとして知られる石破氏らしい。こんな小さなローカル鉄道にも乗りに来ていたか。好感が持てる。

国吉の町は小さい。いちおう商店街があるが、店を閉じたところが多い。それでも駅前には昔ながらの喫茶店があるし、通りには旅館もある。「犬のとこや」があるのもいい。

駅から十五分ほど歩くと、国吉神社と上総出雲大社が並んでいる。どちらも古い。上総出雲大社は、かの島根県の出雲大社と縁があるという。平日なので境内には誰もいない。神様を独り占めしたような贅沢な気分になる。もっともこの年齢では、縁結びの神様に祈っても仕方がないが。

国吉駅に戻って再びいすみ鉄道に乗る。

十五分ほどで大多喜駅に着く。この町には何度か来ているが、いつ来ても町の様子はほとんど変っていない。毎日のように町の風景が変る東京の人間には、その「変らない」ことが貴重に思える。

町の人口は九千人ほど。徳川家康の四天王の一人、本多忠勝が築城した大多喜城がある城下町だ。十万石だから大藩ではない。それだけに小江戸の良さを残している。現在の城は一九七五年に再建された。

空襲にも遭っていないから、商店街には江戸時代創業という店の建物がいくつか残っている。村松友視原作、森﨑東監督の映画『時代屋の女房』（一九八三年）で、渡瀬恒彦演じる東京の大井町あたりで古道具屋を営む主人公が、大多喜に古い道具類を買い入れに来るのもうなずける。

そういえば、江戸時代後期に建てられたというこの町の「重要文化財 渡辺家住宅」の当主は、以前テレビの「開運！ なんでも鑑定団」に鑑定家として登場していた。

実際、骨董屋もある。また造り酒屋があるし、和菓子の店もある。古い町らしい。寺町通りという石畳の通りがあり、いくつか寺が並んでいるのも趣がある。

町を歩いて目につくのは、イヌマキの垣根が多いこと。イヌマキは火に強いから垣根に利用される。確か、千葉県の県の木にもなっている。

古い城下町だが、小学校の校舎がモダンなのに驚く。はじめホテルかと思ったほど。

大多喜のことを知ったのは、つげ義春の作品を読んでから。

大多喜には寿恵比楼《すえひろ》という旅館があった。町を流れる夷隅《いすみ》川で釣りをするのが好きだった白土三平の常宿だった。

一九六五年、白土三平の助手をしていた若き日のつげ義春は、この旅館に十日間ほど滞在した。そのとき、大多喜の町をよく歩いたのだろう。「沼」「初茸がり」「紅い花」「西部田村事件」は、この滞在から生まれた。

それを知って、一九九〇年代のなかば、大多喜に行き、寿恵比楼に泊った。奥さんに先立たれたという主人が一人で切り盛りしているひなびた旅館で、いかにもつげ義春の好きそうなところだった。

その後、十年くらい経ってまた大多喜に行ったら、主人は亡くなっていて、旅館もなくなっていた。

大多喜に縁のある作家がいる。

『夜の鐘』『石榴抄』などで知られる昭和の作家、結城信一。荷風を敬愛したことでも知られるこの作家は、若き日、大多喜の中学校（現在の県立高校）で英語の教師をしていた。ただ太平洋戦争勃発前夜という時代だったので、あまり幸福な暮しではなかったらしい。

町には、大屋旅館という古い木造の旅館がある。国の登録有形文化財に指定されている。町のシンボルのような存在。

つげ義春はここにも泊っている。

一九七三年九月のメモにこうある（『つげ義春　資料集成』、北冬書房、一九九一年）。

「妻と二人の小旅行。大原ではいつもの国民宿舎に泊る。大多喜では馴染みの商人宿、寿恵比楼に泊らず、大屋に泊る。商人宿に泊るのを愉しみにしている」

「リアリズムの宿」に、本当はこんな清潔な商人宿に泊ってみたかったと描かれる宿のモデルになったのは、この大屋旅館ではないか（「リアリズムの宿」の舞台は青森県の鰺ヶ沢だが）。

亡き池内紀さんは日本の小さな町を歩くのが好きだったが、大多喜の町を旅されたときには大屋旅館に泊って、その古さを絶賛されていた。

とはいえ、私はといえば、トイレが近いこともあって和風旅館は苦手。大多喜には実はホテルがなかった。

それが不満だったが、近年、町はずれの丘の上に「Resort View 大多喜」というホテルができたことを知って、今回、泊ってみた。値段も一泊一万円と手頃。

とてもいいホテルだった。大多喜の町が見下ろせて、向い合うように大多喜城が見える。この時期、宿泊客は少なく静かなのもいい。レストランがいまだ休業中で、食事は町まで出なければならないのが難だが、大多喜にいつのまにか、こんないいホテルができていたとは嬉しいことだった。

ホテルに一泊し、翌日は昨日とは逆に、いすみ鉄道の下りに乗り、終点の上総中野へ。そこから小湊鐵道に乗り換え、五井に出て、東京へ戻る。

いすみ鉄道は、前の社長の鳥塚《とりづか》亮《あきら》氏がアイデアマンで「ムーミン列車」を走らせただけではなく、旧国鉄のキハ52型を導入し「昭和の急行列車」として再生。鉄道ファンを喜ばせた。

さらにユニークなのは、二〇一一年に行った訓練費用自己負担による運転士の募集。「鉄道運転士になりたい」という夢を持った社会人を公募。訓練費七百万円、自己負担してもらって訓練して運転士になってもらう。

二〇一一年に行ない、四人の中年男性が採用された。いずれも四十代から五十代の会社員で、子どもの頃からの夢を叶えた。

大多喜駅から上総中野駅までは小さな無人駅が続く。

線路は水田のなか、竹やぶのなか、紫陽花のなかを縫うようにして走る。

線路沿いには鹿や狸、猿、ときにはキョンまで現われるという。以前、鹿に関して運転士から面白い話を聞いた。

なぜ鹿は危険を冒して線路にやってくるのか。なんと「鉄をなめるためにくる」のだという。

鉄分補給である。これは知らなかった。

終点の上総中野駅も、いつ来ても風景が変らない。駅周辺は商店も見当たらずひっそりしている。昭和の作家、田宮虎彦は、列車の乗り換え待ちで上総中野の町を三十分歩いて「私はこの町の美しいことに感嘆した。空が美しく晴れていたためであったか。それもあろう。だが明るいこの山間の町の美しさは、ただそれだけの理由によるものではないような気がする。この地方の民家の屋根の美しさも、この町並みの美しさの大きな理由になっていそうである」と書いた。

一九五四年に雑誌「旅」に寄せた文章だが、それから六十年以上経った今も、この町は変っていない。


（「東京人」二〇二〇年九月号）

地方と東京の対立、そして台湾の鉄道同志。

いっこうに収束しないコロナ禍。

旅好きとしては旅に出られないのがつらいが、もうそんなのんきなことを言っている状況でもなくなってきている。

政府の観光支援策「Ｇｏ Ｔｏ トラベル」も、こんな状況では利用する人も少ないだろう。このキャンペーンから東京が除外されたが、東京の感染者が突出して多いのだから仕方がない。

私の身近かでも、「夏休みに実家に帰ろうと思っていたが、親から『孫の顔は見たいがコロナが怖いから来るな』と言われた」という声を聞く。

無理して帰る場合には、役場に届けなければならないという。都内の映画館でさえ、入場に際し、名前、住所、電話番号を書かせられるところもあるのだから、これはもう仕方がない。

「東京の人間は、わが町に来るな」という地方からの声は、これまでの「東京一極集中」への反発が背景にあるのかもしれない。

アナログ人間なので知らなかったが、「東京新聞」のコラム「週刊 ネットで何が…」（中川淳一郎氏、四月十一日）によると、いまネットでは、地方在住者と東京都民とのあいだで「罵り合い」

が発生しているという。

数としては地方在住者のほうが多く、東京都民は劣勢だという。こんな声が紹介されている。「頼むからおまえたちは来ないでくれ」「普段は楽しい思いをしているのに都合よく地方を利用するな」、あるいは地方の実家に帰省する都民には「故郷を捨てておいて東京に行ったんだから一生帰ってくるな」という厳しい声もあるという。

地方在住者の東京の人間へのルサンチマン（憎悪）が一気に顕在化したといえようか。ローカル線の旅が好きな人間は、この地方の声には、正直な声だけに暗然とさせられる。

3・11のあともそうだったが、今回のコロナ禍でも、東京の人間に「田舎暮し」をすすめる意見があるが、ネットのこうした東京への批判を知ると、田舎への回帰は東京の人間のいい気な夢物語に思えてくる。


大仰にいえば、近代日本の歴史は、東京を首都に定め、天皇が京都から東京に遷ってきてから終始、東京を中心に発達してきた。

鉄道が東京を起点とし、東京に向かう列車を「上り」、東京を離れる列車を「下り」と呼ぶことにすでに「東京一極集中」はあらわれていた。

先の「東京新聞」のコラムでは、東京都民が「東京が生み出した地方交付税で稼がない田舎を助けてやってるんだから、こんな時ぐらい協力しろ」と反論するとすぐに「こっちは労働力をおまえたちに奪われたのだ」と切り返されるという。

近代日本の歴史の主流には、地方対東京の根深い対立があったことは疑いえない。戦前、日本の軍国主義の方向を決定づけた昭和十一年の二・二六事件が、農村の疲弊を救いたいという青年将校たちの反東京意識によって引き起こされたことも忘れてはならない。平たく言えば、「農村では娘の身売りが行われているのに、東京の人間は遊んでいる」という東京への反発、ルサンチマンが事件のひきがねになった。

地方と東京の対立は、戦後の高度成長期にも顕著になる。格差が広がってゆく。地方居住者には、東京への憧れとルサンチマンが同居してゆく。昭和三十年代に書かれた、詩人谷川雁《がん》の詩「東京へゆくな」は大きな反響を呼んだ。「東京へゆくな　ふるさとを創れ」。

こうした近代日本の歴史のなかで長く続く地方と東京との対立が、いままたコロナ禍によって顕在化してきたといえるだろうか。

東京に生まれ、東京に育ってきた人間としては、東京が「ふるさと」なのだから、地方からの反発は覚悟して、この町に住み続けるしかない。

台湾は新型コロナの封じ込めに成功して、新たな感染者は出ていない（八月一日以降）。

ここ五年、毎年、台湾に出かけるのを楽しみにしていたが、今年は感染者が増え続ける日本から行ったら迷惑がかかるので控えなければならない。

かわりに六月、虎ノ門の台湾文化センターで行われていた「台湾鉄道写真展」に出かけた。

よく知られているように台湾では、日本と同じように鉄道文化がさかん。鉄道は日常の暮しのなかに根づいているし、鉄道を楽しく語ることもさかん。

「台湾鉄道写真展」は、十人の台湾の鉄道写真家の作品を紹介すると同時に、映像（動画）によって十人の仕事ぶりを紹介している。「台湾にもこんな熱い鉄道好きがいるのか」とうれしく驚く。ちなみに十人は全員が男性。女性の鉄道好きはまだ少ないのだろう。

映像（「迷・鐵道」）では十人がそれぞれ自分にとって鉄道は何かを語ってゆく。

李春政《りしゅんせい》（一九七六年生まれ）は言う。「鉄道は台湾を知る手段」。だから、列車を周りの風景と共に撮る。

屏東《ピントン》の町を走るサトウキビ列車（糖鉄）に魅せられている。サトウキビの収穫の時期だけ走る。去年屏東に行き、その線路だけ見てきたが、実際に列車が走る姿は生活感がある。いまは廃線になったが虎尾《こび》鉄橋を走る糖鉄も映し出される。鉄道は輸送手段であるだけではなく、町の暮しと深く関わる。

そういえば屏東での講演で、サトウキビ列車の線路が印象に残ったと話をしたら、講演のあと、女性の読者が「子どもの頃よく、糖鉄の荷車からこぼれ落ちるサトウキビを拾って食べた」と懐かしそうに語ってくれた。

陳映彤《ちんえいとう》（一九八六年生まれ）は言う。「鉄道は物語の宝箱」。鉄道と人間が交差する瞬間に興味があるという。例えば、基隆《キールン》の町の市場のすぐ隣りを走る電車のような、生活感がある写真を好んで撮る。

陳威臣《ちんいしん》（一九七二年生まれ）が駅弁好きというのも楽しい。台湾では駅弁文化が充実していて大きな駅では駅弁売場があるし、コンビニでも売られている。「駅弁《えきべん》」という言葉が通用する。

黄威勝《こういしょう》（一九七四年生まれ）は次第に消えつつある軽便鉄道に惹かれるという。玩具のような小さな電車。日本でいえば、とうになくなった草軽《くさかる》電鉄や花巻電鉄を思い浮かべればいい。台湾にはまだ残っているようだ。「鉄道は妖精のようだ」という氏の言葉がいい。確かに、小さな車輛が森のなかに突然現われる姿を見ると、妖精のよう。これまでさまざまな鉄道好きの文章を読んできたが「妖精」にたとえているのにははじめて出会った。

黄威勝はドキュメンタリーの映画監督でもあり、「迷・鐵道」も彼による映像。

古庭維《こていい》（一九八三年生まれ）もユニーク。ある頃から、鉄道沿いの山に登り、上から下を走る鉄道を撮ることに熱中するようになった。鉄道が山や海辺を縫って走る姿は「針に糸を通すようなもの」でその姿に魅了されるという。

ドローンの発達によって簡単に空中写真が撮れるようになった時代、苦労して自分の足で山に登り、山の上から、誰も見たこともなかったような鉄道の写真を撮る。

氏は、台湾で唯一の鉄道専門誌「鉄道情報」の編集長という。

うれしく驚いたのは鄭銘彰《ていめいしょう》（一九六六年生まれ）。鉄道写真を撮るようになったのはなんと日本の鉄道紀行文の第一人者、宮脇俊三の本を読んだのがきっかけという。台湾でも宮脇俊三は読まれているのか。

他の写真家たちを紹介する余裕がなくなってしまったが、こういう写真展を見ると、いよいよまた台湾に行きたくなる。

日本の唱歌に「汽車」がある。この歌詞「今は山中、今は浜、今は鉄橋　渡るぞと　思うまもなくトンネルの　やみを通って広野原」は狭い国土を走る日本の鉄道風景の特色をよくとらえている。

短い距離のなかで、山、浜、鉄橋、広野原と次々に風景が変わる。どこまで走っても風景が変わらないシベリア鉄道やアメリカの大陸横断鉄道と違う。狭い国であるがゆえの変化の多い鉄道風景のよさである。

台湾でもこれは同じことが言えるのではないか。日本と台湾に鉄道ファンが多いのはこのためではないだろうか。

七月三十日、「台湾民主化の父」と呼ばれた李《り》登輝《とうき》元総統が亡くなった。九十七歳。親日家で、日本でも司馬遼太郎が高く評価するなど親しまれていた。「東京人」の創刊編集長、粕谷一希さんが以前、李氏に会ったあと感銘を受け「大人《たいじん》だ」と語っていたことを思い出す。追悼の意を捧げたい。

コロナ禍が続くなか、毎朝の善福寺川緑地とその周辺への散歩が数少ない楽しみ。

散歩のたびに花の名前を覚えるようにしているが、最近、前から気になっていたふたつの花の名前を知った。

ひとつは、ある家の屋根へと伸びたつるに赤い花が咲く。手元の植物図鑑を見ても出ていない。ある朝、その家の主婦に聞くと、「サンパラソル」と教えてくれた。確かに花の形は、パラソルに似ている。

もうひとつは、赤い花に黒い実がぶらさがっている。これも植物図鑑には出ていない。ある日、その家の前を通ると札がぶらさがっている。「この花は、通称、ミッキー・マウスの木です」。おそらく珍しい花なので、近所の人たちによく「何の花ですか」と聞かれるのだろう。

散歩は、花の名前を覚えるいい機会になっている。


（「東京人」二〇二〇年十月号）

荷風ゆかりの墓所に参る。

お盆の季節。荷風ゆかりの墓所をふたつ訪れた。大塚の先儒《せんじゅ》墓所（俗称儒者捨場）と、芝の浄土宗の寺、安蓮社《あんれんしゃ》の墓所。

地下鉄丸ノ内線の新大塚駅で降り、護国寺のほうへ向かう急坂を下ると、旧大塚坂下町（現大塚五丁目）。その旧名どおり、崖下の町で、小さな家が建ち並ぶ。先儒墓所のことは、永井荷風『断腸亭日乗』で知った。昭和十二年三月二十六日、「晴れて風甚寒し。午後大塚坂下町儒者捨場を見る。往年荒涼たりしさま今はなくなりて、日比谷公園の如くに改修せられたり。路傍に鉄の門を立て石の柱に先儒墓所と刻したり」。

この文で気になって以前、出かけたことがあるが、坂下町の迷路のような道に迷って探しきれなかった。今回、あらかじめ知人にネットで調べてもらい、何とか行きついた。前回、探せなかったのも仕方がない。崖下の住宅街にひっそりと隠れるようにしてある小さな墓所だったから。

前回訪ねたときは、護国寺経由で行った。地図で見ると護国寺と皇室の御陵地、豊島岡《としまがおか》の隣りにあるから同じ敷地内と思ってしまったのだが、今回、行ってみて、そのふたつとは塀によって隔てられた別の墓所だった。

住宅のあいだの狭い道を上がると、荷風が見たであろう「鉄の門」がある。錠がかけられている。隣接する吹上稲荷神社で鍵を借りるようにと表示がある。

鍵を借り、門を開け、墓所に入る。テニスコート一面ほどの広さ。ひっそりと静まりかえっている。苔におおわれた墓石がいくつも並んでいる。

荷風は、「往年荒涼たりしさま今はなくなりて」と嘆いているが、二十一世紀の今日、墓所は「荒涼」に近い寂しさがある。

徳川二代将軍秀忠の頃、水戸藩主頼房の儒師、人見《ひとみ》道生《どうせい》の邸宅がここにあった。道生の死後、遺体を葬ったのが始めという。

案内板（相当古びている）によれば、室鳩巣《むろきゅうそう》を始め、「寛政の三博士」と称された柴野栗山《りつざん》、古賀精里《せいり》、尾《び》藤二《とうじ》洲《しゅう》らの墓がある。

荷風は江戸儒者の書に親しんだ。例えば『日乗』昭和十一年四月十一日、「前日遊びでたる戸田川附近の事を知らむとて江戸儒者の遊記何くれとなく読みあさりて半日を消す」。

日頃、江戸儒者の本を読んでいたので「儒者捨場」を訪ねたくなったのだろう。

なぜ「儒者捨場」といったのか。

ドイツ文学者で東京の町を歩くのが好きだった種村季弘さんは、『江戸東京《奇想》徘徊記』（朝日新聞社、二〇〇三年）で一章を「大塚坂下町儒者棄場」に割いている。

「坂下町は谷底の低湿地だから、昔は住む人とてなかったのだろう。そこに貧乏儒者たちが世間に捨てられた格好で住んでいたので、人呼んで儒者の棄場。そう思い込んでいた」。ところが明治の紀行作家、大町桂月の『東京遊行記』(一九〇六年)によれば、江戸の儒者たちは、仏式とも神式とも違う葬儀を行った。つまり、死体を置き去りにした。そこから「儒者捨場」と呼ばれたらしい。

当時から異風だったわけで、そのために「荒涼」としたのだろうか。無論、現在の「先儒墓所」には墓石が置かれている。

それにしても東京の市中にこんな小さな、寂しい場所があるとは。まさに隠れ里。

東京タワーに近い芝公園に接するように、安蓮社という浄土宗の寺がある。寺といっても町なかなのでビルになっていて、一見、寺とは思えない。

ビルとビルとの間に墓所がある。

大きな墓石の立派な墓が多い。増上寺の大僧正の墓だろうか。

安蓮社の墓所を訪ねたのは、日本舞踊家、藤蔭静樹の墓に参るため。

藤蔭静樹(本名内田ヤイ)は、荷風の二度目の妻。新潟県出身。明治十三年生まれで(荷風より一歳下)、若くして上京。新橋で八重次の名で芸者をしていたときに、荷風と知り合った。

大正三年に荷風と結婚したが、荷風の浮気もあって長続きせず、約半年後、置手紙をして家を出た。

ただお互いに未練はあったらしい。

昭和三十四年に荷風が没したあと静樹は、「婦人公論」に荷風との交流の思い出「交情蜜の如し」を発表している（当時は「藤蔭静枝」）。離婚したとき、二人は互いに「もう二度と結婚はしないよ」「私も一生独身を通します」と誓いあったという。事実そのとおりになった。思い出のなかで、静樹は決して荷風のことを悪く書いていない。

藤蔭静樹の墓が芝の安蓮社にあると知ったのは、新潟の郷土史家、児玉義男氏の『藤蔭静枝の自叙小伝』（私家版、二〇一〇年）によって。静樹は日本舞踊に大きな功績があり、昭和三十九年には文化功労者に選ばれている。昭和四十一年一月二日に死去。八十五歳。

荷風と誓いあったように独身で子どもがいなかったので、静樹を慕う門弟たちによって安蓮社の墓所に立派な墓が建てられた。

墓所は、コロナ禍のためか許可なしでは入れないようになっていた。事務所に訪《おとな》いを入れ、永井荷風の奥さんだった藤蔭静樹の墓参りをしたいと告げると、寺の人は、親切にすぐになかに入れてくれた。

静樹の門人だけではなく、時折りは荷風の読者も訪れるのかもしれない。

墓は大僧正のものに劣らない立派なもので、夏の雑草におおわれることなく、丁寧に掃除がされていた。

手元に『藤蔭静樹　藤蔭会五十年史』（カワイ楽譜、一九六五年）という本がある。門人たちが編んだ本で、この日本舞踊家の大家が、弟子たちに慕われていたことがうかがえる。

六月、隅田川にまたひとつ橋ができた。

正確には歩道橋（すみだリバーウォーク）。

隅田川に架かる東武鉄道の鉄橋に歩道橋を設けた。いいアイデア。これで台東区と墨田区がいちだんと近くなった。五分ほどで歩いて渡れるのだから。浅草から東京スカイツリーに行くにも便利になるだろう。

東武鉄道が隅田川を渡って浅草に到達したのは、関東大震災後の東京復興のさなかの昭和六年。私鉄の市中乗り入れとして話題になった。

墨田区のほうから走ってきた東武の電車が、隅田川に架かる鉄橋を渡り、川辺に建つ七階建ての松屋デパートの二階に吸い込まれてゆく。地下鉄の銀座線が東急デパートのなかの渋谷駅に入ってゆくのと並んで、鉄道ファンを喜ばせる構造になっている。

このビルは東武鉄道のもので、松屋はテナントになる。設計は、南海鉄道の難波駅などを作りターミナルビル建築の権威と言われた久野《くの》節《みさお》。

鉄道の駅とデパートが一体化するターミナルビルは大阪の阪急デパートが最初だが、浅草駅はこれを参考にした。

ホームを二階にしたのが特色で、ビルの中から出た電車はゆっくりカーブしながら、そのままの高さで隅田川を渡る。

この鉄橋は乗客が隅田川の水の景観を楽しめるように、トラスを車両の窓より低くしてある。当時としては、景観を重視した画期的設計である。

今度これに加えて、鉄橋に板張りの歩道橋を付けた。高所恐怖症の人間には少し抵抗があるが、目の前に広がる広々とした水のパノラマは、東京の新しい名所になるのではないか。


東武電車が隅田川を渡る。ずっと高架になっている。歩道橋の完成と同時に、東武鉄道は、この高架下に「東京ミズマチ」という商店街（高架下複合商業施設）を作った。空地利用である。鉄道の高架下を商店街として利用する。

神戸の高架下とか上野の御徒町などが知られるが、これは一長一短あって、下手をすると汚れた空間になりやすい。中央線の高円寺とか阿佐ヶ谷の高架下の商店街は、正直なところいまひとつ魅力に欠ける。

おしゃれな店が並ぶと若い人ばかりになるし、居酒屋が増えるとおじさんぽくなる。このバランスが難しい。「東京ミズマチ」はどう発展してゆくか。

駅の商店街といえば、東京駅の中にできたという回転寿司には驚いた。青森から新幹線を使ってその日の朝にとれた魚を運ぶ。千葉から高速バスで、やはりその日の朝の魚を運ぶ。大人気になっているというが、当然だろう。

高架下にせよ、駅なかにせよ、結局は、いい店が入るかどうかだろう。

コロナ禍で家にいる時間が増えたため、スーパーで買い物することが以前より多くなった。家の近くにSというスーパーがあり、もう十年近くここを利用していたが、最近やめて、朝の散歩のときに足をのばして妙法寺の前のSに変えた。

理由は簡単。こちらのほうがレジで働く女性たちの元気がよく、笑顔で応じてくれるから。少し顔見知りになると「おはようございます」と挨拶をしてくれる。こういう基本はやはり大事だと思う。

最近、地方の小さな駅で図書館や文学館を併設するところが多くなった。

実際に行ったところで挙げると、北海道の石北本線女満別《めまんべつ》駅、生田原《いくたはら》駅（ここは文学館）、水郡線の磐城《いわき》塙《はなわ》駅、しなの鉄道の中軽井沢駅、伯備線の備中高梁《びっちゅうたかはし》駅など。図書館のある駅が近年、増えているように思う。

これもひとつの駅の再利用としていい試みだろう。

（「東京人」二〇二〇年十一月号）

木村荘八と龍膽寺雄。

コロナ禍のため相変らず旅に出られない。身近かな散歩で旅心を抑えるしかない。

しかし、家の近くを歩いてみると、思いのほか、見どころがあるのに気づく。

いつもの散歩で行く堀ノ内の妙法寺から、最近は少し東へと足を延ばす。環七通りを渡ると杉並区の和田一丁目から三丁目、以前の和田《わだ》本町《ほんちょう》。

女子美術大学があり、その近くに長延寺《ちょうえんじ》という曹洞宗の寺がある。

新宿区の防衛省の近くに市谷長延寺《ちょうえんじ》町《まち》という町がある。永井荷風『つゆのあとさき』の主人公、君江が住んでいる市ヶ谷本村町《ほんむらちょう》の隣りになる。

この町名は江戸から明治にかけて長延寺があったため。その長延寺は明治末に現在の杉並区和田一丁目に移転してきた。

杉並区は長く郊外だったから、明治末から大正期に市中から移転してきた寺が多い。長延寺もそのひとつ。大きな寺ではないが、子授け、子育ての信仰で知られるぼたもち地蔵がある。昔、地蔵が小僧に姿を変え、産後の肥立ちが悪かった母親に牡丹餅を与えたところ、元気になり、乳の出もよくなったという言い伝えから信仰を集めている。

この長延寺には荷風ゆかりの洋画家の墓がある。『濹東綺譚』の挿絵を描いた木村荘八《しょうはち》。木村は昭和六年に和田本町へ転居。昭和三十三年に六十六歳で死去するまでこの地に住んだ。その縁。墓地もこぢんまりしていて、その一画に木村家の墓があり、散歩で訪れるたびに手を合わせる。『濹東綺譚』の挿絵は荷風の要請ではなく、連載された朝日新聞の判断だったが、東京に生まれ、荷風と同じように失なわれてゆく古い東京を愛した木村荘八は最適だった。実際、荷風の文章もさることながら、木村荘八の挿絵も評判になった。今日、『濹東綺譚』は木村荘八の絵抜きには考えられない。

杉並区が成立したのは、市区大改正のあった昭和七年のこと。震災後の郊外への発展によって人口が急激に増えた結果である。木村荘八は発展中の郊外住宅地に転居したことになる。随筆「郊外偶感」(昭和六年)のなかで、木村荘八は、田舎だと思って和田本町に越してきたら予想以上に開けているので驚いたと書いている。家から少し歩くと青梅街道があり、そこには西武電車(のち昭和十七年に市電、さらに戦後は都電)とバスが間断なく通っていて円タクも拾える。バスは十分ほどで新宿に出る。交通の便がいい。

近くの鍋屋横丁の商店街にはモダンな構えの店が並ぶ。文房具店に油絵の材料が置いてあるのも素晴しい。木村荘八は和田本町での暮しが気に入り、終《つい》の栖《すみか》になった。「和田本町日没」(昭和三十三年)や「新宿遠望」(昭和三十三年)などの作品を描いている。

木村荘八は三度結婚し、二度、夫人に先立たれている。子どもはいなかった。そのためもあってか、猫を可愛がった。

写真家の林忠彦が仕事部屋の木村荘八を撮った有名な写真がある。猫たちに囲まれている。何匹いるのか。腕に抱かれた猫。机の上の猫。机の下の猫。さらに本棚の上には三匹。まだいるのかもしれない。

猫好きの作家として知られた大佛次郎とは、その作品『霧笛』や『幻燈』の挿絵を描いたことがあって親しかった。

いい話がある。大佛次郎が書いている。

木村荘八の訃報を聞き、大佛次郎はすぐに弔問に出かけた。このとき夫人が、木村家はいま葬儀の準備で大変なときだから猫たちの食事にまで手が回っていないかもしれない、と夫に猫の餌を持たせたという。

名古屋市に住む鈴木裕人さんという未知の方から『龍膽寺雄《りゅうたんじゆう》の本』（私家版）を送られる。なんと龍膽寺雄を研究している人がいるとは少しく感動する。現代ではもうあまり読まれていないから。

昭和モダニズムの作家。昭和三年に若き日のボヘミアンの暮しを描いた『放浪時代』でデビュー。震災後のモダン都市東京に生きる若い都市生活者を描いて人気作家になった。個人的には、荒川放水路建設に使われたあと、捨て置かれた機関車の中で暮す少年と少女を描いた『機関車に巣喰う』（昭和五年）が好きな作品。

鈴木裕人『龍膽寺雄の本』は『放浪時代』を再録しているほか、家族による思い出、鈴木さんの「龍膽寺雄の読み方、読まれ方」、さらに詳細な作品目録が付されている。

私が龍膽寺雄のことを知ったのは一九八〇年代。ちょうど都市小説に関心を持つようになった頃。an・an／BRUTUS共同編集「モボ・モガの時代」（一九八三年）に「陽気な精神の錬金術師　龍胆寺雄論」を書き、そのあと一九八六年、当時八十五歳になる老作家を神奈川県の中央林間の自宅に訪ねた（「風見鶏のある家で」、「SWITCH」一九八六年六月号）。

モダニズムの作家らしく、風見鶏のついた家で、自身で設計したという。三階には空をながめる「展望台」が作られ、ちょうどハレー彗星が現れる年で、「ハレー彗星を見るのは一九一〇年に続いて二度目になる」とうれしそうだった。

人気作家になったが、その後、菊池寛や川端康成を痛烈に批判したため、文壇から追われ、作家活動がしにくくなった。

かわって興味を持ったのがサボテン。その後、サボテン研究家として世に知られた。

一九九二年に九十一歳で死去。墓は神奈川県の厚木霊園にある。

台湾のドキュメンタリー映画『私たちの青春、台湾』（二〇一七年）を見る。

二〇一四年に若者たちを中心に起きた政治運動である「ひまわり運動」を追っている。この運動の根底にあったのは、台湾人の独立への強い思いではなかったか、と思う。

実際、この映画が二〇一八年に金馬奨最優秀ドキュメンタリー映画賞を受賞したとき、監督の女性、傅楡《フーユー》が涙ながらに「いつか台湾が〝真の独立した存在〟として認められることが、台湾人としての最大の願いだ」とスピーチしたことからもうかがえる。この発言は、当然のように、中国側から強い反発を受けた。

ひまわり運動は、国民党の馬英九《マーインチウ》総統が二〇一三年に突然、中国との「両岸サービス貿易協定」を調印したことに端を発する。この協定がこれまで台湾で論議されてこなかったことへの反発もさることながら、この協定によって台湾が中国に呑み込まれてしまうのではないかという危機感が強かった。

時代の危機感を敏感に感じ取るのは、いつの世でも若者である。学生を中心に若者たちが立ち上がり、協定への大規模な反対運動が起きた。

『私たちの青春、台湾』は、終始、学生の側からその運動を追っている。

興味深いのは、中国からの留学生の女性に焦点を当てていること。彼女の名は、蔡博芸《ツアイボーイー》という。中国から台湾の大学に留学し、そこで自分と同世代の台湾の若者たちが政治運動に積極的に参加していく姿を見て、自分も加わってゆく。

しかし、ことは彼女の場合、単純ではない。中国の圧力に抵抗する学生運動に中国人である自分が参加する。中国と台湾に引き裂かれてゆかざるを得ない。そこからくる葛藤。

国元では、当然のように親が娘を心配して運動をやめるように言ってくる。当局の監視の目もあるだろう。その困難を抱えながら、彼女がときに笑顔を浮かべ政治運動を続けてゆく姿には敬服する。

同時に、正直、彼女の将来は大丈夫なのか、国に帰ったら弾圧されるのではないかと心配になってしまう。

ドキュメンタリーは、カメラが人の顔を映すことで官憲の証拠写真になりかねないという困難を持つ。

その点でいつも思い出すのは、一九六八年のプラハの春（とその弾圧）を描いた、ミラン・クンデラ原作、フィリップ・カウフマン監督の『存在の耐えられない軽さ』（一九八八年）。ジュリエット・ビノシュ演じるヒロインは、ソ連の戦争に抵抗するチェコの若者たちの写真をよかれと思って撮影する。ところが、ソ連による弾圧が始まったとき、その写真が、〝犯罪〟の証拠写真として使われ、彼女は愕然とする。

ドキュメンタリーを見るたびに、この悲しい事実を思い出してしまう。今はただ、中国の蔡博芸さんという女性が幸せであることを祈るしかない。

『私たちの青春、台湾』というタイトルを見て思うのは、台湾という国がいいのは、まだ「青春」にあるということ。無論、そこには、青春にありがちな挫折も苦悩もあるだろう。それでも

「青春」には未来がある。日本という「老人」になってしまった国の人間としては、そこが羨ましい。このコロナ禍になるまで、私が二〇一五年から毎年、台湾を訪れたのも、もちろん「観光」もあるが、それ以上に彼らの「青春」に触れたい思いがあったのだと思う。

早い。

もっとも尊敬する書き手だったドイツ文学者の池内紀さんが亡くなって、八月で一年になる。

先だって、所用で三鷹に行ったとき、南口駅前のビルのなかにある啓文堂書店という本屋に入った。うれしいことがあった。

没後、一年経っているのに、きちんと池内紀コーナーがあった。池内さんは三鷹の住民だった。

地元の文学者を地元の書店が顕彰している。池内さんもうれしいだろう。

（「東京人」二〇二〇年十二月号）

藪原駅そして天野健太郎さんのこと。

久しぶりに鉄道の旅をした。といってもごくささやかな旅だが。

所用で京都に行った帰り、小さな旅をした。関西に行くときは用事を済ませ一泊し、帰りが楽しみになる。行きは時間の制約があるので新幹線。帰りもまた新幹線ではつまらない。

帰りは時間に余裕があるので、東京までゆっくりと遠回りができる。北陸本線に乗ったり、飯田線に乗ったり、あるいは身延線に乗ったり。北陸新幹線ができてからは、高山線で富山に出て、東京へも一日で可能になった。

今回は京都で一泊したあと、翌日、新幹線で名古屋まで出て、そこから中央本線に乗る。このコースはこれまで何度か辿っているが、今回は、途中で藪原《やぶはら》という駅で降りてみる予定。急行はとまらない駅だから、まず木曽福島まで行き、そこで普通列車に乗り換える。

なぜ藪原なのか。

山田太一に「小さな駅で降りる」というドラマがある。二〇〇〇年にテレビ東京で放送された（監督、松原信吾）。

仕事に忙殺され、妻とも娘ともうまくゆかなくなったサラリーマンが、最後に、このままではいけないと、思い立って妻子と旅に出る。若い部下の夫婦がこれに加わる。

とくに行先も決めずに中央本線に乗る。塩尻あたりから木曽に向かう普通列車に乗る。途中、藪原という小さな駅（無人駅）で、列車は特急通過待ちのために十分間停車することになる。そこで全員、ホームに出てひと息入れる。

演じているのは、中村雅俊、樋口可南子、前田亜季、それに若い夫婦役で堤真一と牧瀬里穂。ホームには彼ら五人のほか誰もいない。季節は初冬か。まわりの木曽の山にはちらほら雪が見える。いかにも空気が澄んでいる。

思わず父親が「この駅で降りようか」というと、全員が賛成する。そして、列車を降り、町へと歩いてゆくところでドラマは終る。まさに「小さな駅で降りる」。

鉄道の旅が好きな人間には、この突然、小さな駅で降りたくなる気持がよくわかる。寄り道の楽しさであり、知らない町を歩く期待感がある。私自身、これまでそうやっていくつかいい駅で降りた。

左沢《あてらざわ》線の寒河江《さがえ》、山形新幹線の高畠（山形県）、中央本線の春日居町（山梨県）、身延線の市川大門（山梨県）などなど挙げてゆくと切りがない。

藪原は本当に小さな駅だった。

建物は木造でハーフティンバーになっているのがしゃれている。山小屋風。平日の午前中、駅前にはほとんど人の姿はない。駅前を中山道が通っている。昔の藪原宿があったところ。

隣りの奈良井宿は、古い木造家屋が残り、重要伝統的建造物群保存地区に選定され、観光客も多い。「男はつらいよ」シリーズの第十作『寅次郎夢枕』（主演、八千草薫）では、渥美清の寅が、弟分の登（津坂匡章）と奈良井宿の旅館で偶然、再会した。

その奈良井宿に比べると藪原宿はずっと小さい。商店の数が少なく、通りはひっそりとしている。小さな町が好きな人間には、しっくりくる。

明治四十四年（一九一一）、東京生まれの文芸評論家、中村光夫（戦後、筑摩書房の編集者をしていたころ熱海に住んでいた永井荷風を訪ねている）に、『今はむかし ある文学的回想』（講談社、一九七〇年。のち中公文庫）という回想記がある。

中村光夫は若き日、昭和十一年の夏に、藪原駅に降り立った。夏のあいだ木曽の山小屋にこもって、モーパッサンの『ベラミ』の翻訳をするため。

友人が藪原の出身で、彼に紹介された。

「藪原からひとつ北の方へ寄った谷で、そこに冬スキー客を目当てに建てた山小屋が、夏でも開いており、藪原のように川の流れはないが、場所が高いだけに涼しいことは涼しいはずだというので、何より宿料が安いのが魅力的で申し込みました」

東大仏文を卒業したての若き中村光夫は、ひと夏、山小屋にこもって『ベラミ』の翻訳をし、また出世作となる『二葉亭論』を書く。

山小屋には、他に大学の受験生や、公務員試験を受ける学生もいる。昭和十一年といえば、二月に二・二六事件があった物情騒然たる時代だが、他方では、こういう平穏もあった。

中村光夫は山小屋までバスで行ったと書いているが、現在では、もうそういうバスは見当らなかった。

夏のあいだ、涼しい山に行く。今年の夏のように猛暑だと、そうしたくなるが、一人暮しなので、なかなか長期に家を空けられない。

例年はそれでも何日か北海道で過ごすのだが、今年はコロナ禍で、それもできなかった。中央本線、藪原駅で途中下車の小さな旅で我慢するしかない。


はじめて映画の字幕の手伝いをした。

十一月に公開されたドキュメンタリー映画『トルーマン・カポーティ　真実のテープ』(イーブス・バーノー監督)の配給元ミモザフィルムズの社長、村田敦子さんが声を掛けてくれた。

長いあいだ映画評論の仕事をしているが、字幕の仕事に関わるのははじめて。翻訳は大西公子さんで、私は監修というおこがましい役だったが、楽しい、しかし、同時に大変な仕事だと思い知らされた。

字幕は翻訳とは違う。字数が限られている。しかも、活字のように手元に残らず映像と共にあっというまに消えてしまう。

だから、長い文章を簡潔にし、キーワードやキーイメージを大事にしなければならない。翻訳とは別のものと思い知らされた。

コッポラの『地獄の黙示録』(一九七九年)が公開されたとき、立花隆が戸田奈津子の字幕が意を尽していないと批判した。それに対し、字幕翻訳の第一人者、ベテランの清水俊二が、字幕と翻訳は違うと、戸田奈津子を擁護した。

今回、字幕の仕事に関わってみて、清水俊二のほうが正しいと思った。字数に制限があり、しかも映像と共に瞬時に消えてしまう字幕の場合、どうしても意訳になることがある。それを責められたらたまらない。

二〇一八年、癌のため四十七歳の若さで逝った台湾文学翻訳家の天野健太郎さんは俳人だった。そのことを知らなかった。没後に人から教えられた。祖父の村松一平は「ホトトギス」で活躍した俳人、その長男（天野さんの伯父）もやはり俳人で、天野さんはその伯父さんに手ほどきを受けたという。

俳人としての天野健太郎さんを偲ぶ本が出版された。『風景と自由　天野健太郎句文集』（新泉社、二〇二〇年）。

呉明益の『歩道橋の魔術師』（白水社、二〇一五年）、『自転車泥棒』（文藝春秋、二〇一八年）、あるいは鄭鴻生『台湾少女、洋裁に出会う――母とミシンの60年』（紀伊國屋書店、二〇一六年）など、あの平明端正な訳文の基礎には俳句があったかと今にして思う。

天野さんの実家は、愛知県岡崎市で花屋を営んでいたという。そのためか、まず花を詠んだ句が目につく。

その赤の重みに垂れてアマリリス
鍵放り母に訊く花「あやぁ木槿《むくげ》だ」
アガパンサスビニール紐で括る愛

アマリリスが自分の花の重みに垂れている。学校から帰った子どもが、途中で見た花の名前を母親に聞く。母の方言が効いている。アガパンサスは茎が長くなり、風が吹くと不安定に揺れる。折れないようにビニールの紐でいくつかの茎をくくる。まさに花への愛がある。
天野さんの俳句は、吟行などの遠出からではなく、近所の散歩から生まれている。日常の暮しのなかの小さな光景を目にとめる。

マフラーのなかで暗記をする少女
地に落ち葉今しばらくの青さかな

身近かな風景を詠んでいる。「マフラー」で思い出すのは、天野さんはよくマフラーをしていたこと。本書に収められた写真でも首にマフラーを巻いている。マフラー好きとして、電車かバスのなかでマフラーをして英語の単語か何かを一生懸命暗記している少女が目にとまったのだろう。マフラーをした少女とそれを好ましく見ているマフラーをした天野さん、情景が目に浮かぶ。

一転してこんな広々とした句もある。

突き刺せば宇宙に届くや蒼き空

日常生活が一瞬、消え、その向こうに青い空、そして宇宙が広がる。スケールが大きい。

天野さんは書いている。「三食をつましく作って食って、近所を散歩して俳句作って、あとは家にある本とCDを消化するだけの人生で別にいいのだが」。

天野さんは自分で料理を作っていたのか。そのためか食の句にもいいのがある。

白菜の香りは刻めば刻むほど

米研げば五指の凍える深夜かな

透き通る大根目がけ醬油差す

天野さんは二〇一七年に膵臓癌の手術を受けたという。私はそのことをまったく知らなかった。本人が言わなかった。そして闘病中に『自転車泥棒』の翻訳の仕事を続けていた。

冬に入る諦めた鬱の裏側に

去年今年最悪はまだ先にあり

春暑しベッドに憎悪は染み込みて
敬老の日ばあちゃんより先に死なぬ法

病床で詠んだ句か。正直、読むのはつらいが、天野さんの無念を知るためにも心に刻みたい。

（「東京人」二〇二一年一月号）

三原葉子を偲んで盛岡へ。

久しぶりに盛岡に行った。

新型コロナの感染者が少ない町に、東京から出かけるのは気が引けたが、今回は盛岡の映画ファンに呼ばれたので、さほど気にしなくてすんだ。

昼に盛岡に着く。着いたらまずすることは、駅ビルの地下にある回転寿司清次郎に行くこと。函館に行ったらまず駅前の津軽屋食堂に入るのと同じ。町に入るための儀式である。

寒い日だったので燗酒をもらい、酒の肴で刺身の盛り合わせ。旅に出ると、昼間から飲んでも、うしろめたさを感じない。

カウンターの向い側に母と娘らしい二人連れが、やはり楽しそうにビールを飲んでいる。娘さんは女優の杏のようにきれい。東北は秋田美人が有名だが、盛岡もきれいな女性が多い。南部美人というべきか。

盛岡出身の女優に三原葉子（一九三二～二〇一三）がいる。昭和三十年代、新東宝のグラマー女優としてならした。私などの世代の男の映画ファンで三原葉子を知らないものはもぐりである。

二〇一三年に亡くなったのだが、その死が公けになったのは二〇一六年のこと。そのために不遇な晩年だったのだろうかと心配したが、幸いなことにそんなことはなかった。

地元で「女優・三原葉子を語る会」が作られ、きちんと顕彰されていた。その会長、山田裕幸さんが今回、「三原葉子の生家を見に来ませんか」と誘ってくれた。

駆け出しの物書きだった頃、「中央公論」（一九七七年十一月号）に「新東宝物語」を書いた。その後、「文藝春秋」で、当時、スクリーンから遠ざかっていた三原葉子にインタビューすることができた。

そんなことから、山田裕幸さんが誘ってくれた。コロナ禍が心配だったが、もともと盛岡は好きな町で、一年に一回は出かけていたので、喜んで出かけた。親しくしている「キネマ旬報」の元編集長、植草信和さんが同行してくれた。

岩手県出身の女優といえば園井恵子（一九一三〜四五）が知られる。宝塚で活躍したあと、一九四三年、稲垣浩監督、阪東妻三郎主演の名作『無法松の一生』で、吉岡大尉夫人を演じ、その気品あふれる美しさで多くの観客を魅了した。しかし、不幸にも、丸山定夫が結成した移動演劇隊桜隊で広島に来ているときに原爆に遭い、亡くなった。

園井恵子は、いわば表通りの女優である。現にちょうどこの時期、盛岡市内では「園井恵子展」が開かれていた。

それに対し、三原葉子は新東宝という、のちになくなってしまうマイナーな会社のスターで、しかも、昭和三十年代にはまだ日陰のグラマー女優だったから、どちらかといえば裏通りの女優だった。私自身、十代の頃は、表だって好きとは言いにくかった。

だから、地元でも忘れられているのではないかと思っていた。それが「語る会」ができている。これは思いがけずにうれしいことだった。

会長の山田裕幸さんに案内されて、三原葉子の生家を見に行った。宮沢賢治研究会の佐藤竜一さんが同行してくれる。あの時代のグラマー女優だから、花柳界か、その周辺の家かと思ったが、そうではなかった。

三原葉子の本名は藤原正子。父親の峯治は盛岡で手広く商売をしていた裕福な毛皮商。正子は少女時代からバレエや日舞を習っていたという。ハイカラな家庭だったのだろう。

生家は、北上川に面した鉈屋《なたや》町にある。江戸時代から明治にかけて舟運で栄えた町で、盛岡で鉈屋町といえば名家、旧家が住む町として知られたという。

盛岡出身の〝平民宰相〟原敬や、戦争末期、海軍大臣として戦争終結に努めた米内光政の墓はこの町にある。

また、昭和十八年に直木賞を受賞している作家で、盛岡中学在学中に宮沢賢治と親交があった森荘已池《そういち》の家もこの町にある。

三原葉子の生家はこの一画にある。

一帯は、現在、町並み保存の活動によって古い町並みがきれいに修復、保存されている。毛皮商「藤原峯治商店」の建物も、峯治の没後、一時は荒れていたというが、現在は「盛岡町家三㐂亭」として見事によみがえっている。

あのスタイル抜群だったグラマー女優が、こんな古風な町家で生まれ、育ったのかと、少しく意外な感がある。

毛皮商とは現在ではあまり聞かないが、東北ならではだろうか。そういえば、盛岡の駅の近くを歩いていたら、「馬具商」が健在だった。歴史を感じさせる。

三原葉子は、アルバムを何冊も遺していた。さらに、自分のことが書かれた新聞記事のファイルまで。

山田裕幸さんの案内で、このアルバムとファイルを見る機会に恵まれた。写真と記事がきれいに整理されている。

映画のスチル写真だけではない。新東宝の仲間たちとの旅行、東南アジア映画祭でフィリピンを訪れたときの着物姿の写真（隣りには山本富士子がいる！）、新宿コマ劇場に出演したときの写真。

これまで見たことのなかった写真が次々に出てきて、わくわくしてくる。

三原葉子が、あの時代、グラマー女優として誇りを持っていたこともわかる。決して恥じたりしていない。『人喰海女』『セクシー地帯《ライン》』『黄線地帯《イエローライン》』など、題名からしていささか世をはばかるような映画に出演したことを恥じていない。その新聞広告を切り取ってファイルにしている。見事と言うしかない。

アメリカのグラマー女優、アーシュラ・アンドレスは、六〇年代に入って「プレイボーイ」にヌードを披露したとき、「なぜヌードになるのか?」と聞かれ、悪びれることなく「私の身体がきれいだからよ」と答えた。

その発言が、ヌード写真のイメージを変えた。それまではヌードになるのは、どこか後ろめたいものだったが、「私の身体がきれいだからよ」のひと言が、ヌードはいかがわしいものから、ヌードは美しいものへと考えを一変させた。

三原葉子は無論、当時のことだからセミ・ヌードではあるが、アーシュラ・アンドレスよりもはるか以前に、「私の身体がきれいだからよ」と言いたかったのではないか。

人柄もよかった。

「中央公論」に「新東宝物語」を書いたとき、三原葉子主演の映画を数多く手がけた石井輝男監督をはじめ、何人かの新東宝関係者にインタビューした。

三原葉子のことを聞くと、誰もが「さばさばした、気持のいい人だった」と答えた。

三原葉子と同時期の新東宝のグラマー女優に前田通子がいる。やはり、スタイルのよさで人気があったが、不幸にして会社と衝突して映画界を追われた。私の好きな女優のひとり。

その前田通子に、引退して何年かたってようやくインタビューすることができたとき、三原葉子についてこんなことを話してくれた。

事件のあと、新東宝の女優たちから、今風に言えばバッシングにあった。四面楚歌になった。そんなとき、態度が変らなかったのは三原葉子だった、と。人柄を感じさせる。

新聞の切抜きファイルのなかにとくに興味深いものがあった。

昭和三十年代に東南アジアを旅したフランキー堺が語っていること。旅をして驚いたことがあった。当地で人気がある女優は、日本での大スターではなく、三原葉子だった、と。

当時、東南アジアでは、新東宝の映画が公開されていて、グラマー女優の三原葉子の人気は絶大だったという。

それで思い出すことがある。

前述の前田通子は、日本の映画界を追われたあと（六社協定というひどい制度があった時代）、台湾に行き、そこで映画に出演した。台湾で人気があったのである！

そのフィルムが、いま台湾のどこかに残っていればいいのだが。


「女優・三原葉子を語る会」は、二〇一六年に立ち上げられた。実はその最初の集まりに呼ばれて話をすることになっていたのだが、当日、どうしても避けられない他用ができてしまい、伺えなかった。

今回、ようやくその不義理を少しでも埋め合わすことができて、ほっとしている。

私も、後期高齢者となった。残りの時間は限られている。もし、いましばらく元気でいられたら、「前田通子と三原葉子」についてきちんと書きとめておきたい。

三原葉子の遺されたアルバムとファイルを見ていて、さらに感動したことがあった。

新聞の切抜きを見ていると、岩手県の新聞が多い。当時、東京にいた三原葉子が、どうして岩手県の新聞に目を通すことができたのか。

不思議に思ってファイルを見ているうちに、ある記事が目にとまった。三原葉子の母親が「盛岡新聞」（昭和三十三年六月九日）で語っている。父親の峯治は六十六歳で亡くなった。ある日、遺品を整理していたら、ファイルが見つかった。それが、私が見ることができたファイルだった。父親もまた、娘がグラマー女優であることを恥じることなく、東京のマイナーな映画会社で活躍していることをうれしく思い、どんな小さな新聞記事でも、そこに娘の名前があれば、切り取って、ファイルに貼っていたのである。

この父親の娘への愛情には、胸が熱くなった。こういう父の元に生まれ、いま、没後、地元の人たちに、郷土のスターとして愛されている三原葉子は幸せだと思った。

（「東京人」二〇二一年二月号）

仙山線でゆく、まわり道の旅。

先月、盛岡に行った帰り、またささやかな鉄道の旅をした。まわり道の旅。

盛岡で一泊し、まっすぐ東京に帰るのはつまらない。新幹線で仙台まで行き、そこから仙山線《せんざん》に乗ることにした。

仙山線。その名のとおり仙台と山形を結ぶ（法令上は山形のふたつ手前の羽前千歳《うぜんちとせ》）。全長五八キロ。電化されている。開業は昭和十二年。

途中、宮城県と山形県の県境にある面白山《おもしろやま》という一二〇〇メートル余の山を越えるので、急勾配がある。そのため早くから電化されていた。

仙台駅を出た四両ほどの列車は、大きく左折し、新幹線の下をくぐり、さらに東北本線を越え、西へと向かってゆく。

朝の列車は、沿線の学校に通う学生たちで混んでいる。おしゃれできれいな女学生が多い。大人しくマナーもいい。天野健太郎さんの句、「マフラーのなかで暗記をする少女」を思い出す。

仙台から八つ目が愛子。難読駅で「あやし」と読む。

鉄道ミステリを得意にした鮎川哲也に「汚点」という短篇がある。「愛子」が犯罪解明のキーワードになっている。一九六四年の作。

冬の仙台で殺人事件が起きる。若い銀行員が殺される。行内の連絡板には、「愛子へ行く」と書かれてあった。

死体が発見されたのは、仙台市内の「愛子《あいこ》」というバーの近くの路上だった。それで警察は、このバーの常連客を洗ってゆく。

しかし、容疑者は浮かんでこない。あるとき、若い刑事が、「愛子」とはバーのことではなく、仙山線の「愛子《あやし》」のことではないかと気づき、そこから犯人を突きとめてゆく。

鮎川哲也は暇があれば時刻表を見ていたという。そこから仙山線の愛子駅という面白い名の駅に気がついたのだろう。

列車が愛子に着くころには、学生たちはほとんど降りてしまい、車内はガランとしてくる。

ここから列車は急勾配に入る。座っていても、列車が上りはじめたなとわかる。車窓には広瀬川が見えてくる。渓谷になっていて、この季節、紅葉が美しい。今年は、紅葉を見る旅にも行けない。車窓からの眺めが、ささやかな贅沢になる。列車は熊ヶ根鉄橋（第二広瀬川橋梁）というアーチ橋を渡る。高さは五〇メートルはあろうか。仙山線随一の絶景。

橋を渡ると作並《さくなみ》駅。仙台の奥座敷といわれる作並温泉がある。温泉地としては小さいし、駅も小屋のような駅舎があるだけ。それでも仙山線のなかではもっとも知られている駅ではないだろうか。

作並駅を出た列車は、前記、県境の面白山トンネルに入る。急勾配の難所。トンネルの長さ五三六一メートルは、開通当時、上越線の清水トンネル、東海道本線の丹那トンネルに次ぐ長さだった。

面白山トンネルを抜けると列車は急勾配を下り、山形県の田園地帯に入り、やがて主要駅である山寺駅に着く。

芭蕉の「閑《しずか》さや岩にしみ入る蟬の声」で知られる名所、山寺がある。ここは、これまで何度か来ているので、今回の目的地ではない。

今回のお目当ては、その次の高瀬駅。

小さな無人駅。田園のなかにぽつんと建つ。この駅が出てくる映画がある。スタジオジブリのアニメ作品『おもひでぽろぽろ』（高畑勲監督、一九九一年）。原作は、岡本螢作、刀根夕子画の同名漫画。原作もアニメ作品も好きで何度も読み、見直している。

東京でOLをしている女性、岡島タエ子が田舎の暮しに憧れ、夏休みに、山形県の農家に行く。そこで農家の暮しになじみ、なおかつ有機農業に夢を持つ若者に惹かれ、最後、彼と結婚し、共に農業を営む決心をする物語。

このタエ子が滞在する農家が、高瀬駅の近くにあるという設定。このあたり、ベニバナがいまでも栽培されていて、タエ子はベニバナ作りにも惹かれてゆく。

夏休みが終り、タエ子は東京へと帰る。

高瀬駅から上り列車に乗り、仙台へと向かう。若者や祖母らが見送る。列車は山寺へと走る。

車中、タエ子は決心する。農家の嫁になろうと。

次の山寺駅は島式ホーム。ちょうど向かい側に下りの山形行きの列車がとまっている。タエ子はためらうことなくその下り列車に乗り換え、いま乗ったばかりの高瀬駅に戻ってゆく。『おもひでぽろぽろ』の感動的なラストシーン。画面には、都はるみの歌う「愛は花、君はその種子《たね》」（映画『ローズ』でベット・ミドラーが歌った）が流れる。

この高瀬駅で降りてみたいと思ったのだが、ここで降りると次の列車まで二時間は待たなければならない。駅前には商店もないようだ。残念ながら降りるのはあきらめ、列車内から眺めるしかなかった。

目黒に久米美術館という小さな美術館がある。目黒駅前のビルのなかにある。明治から大正にかけての洋画家、久米桂一郎（一八六六～一九三四）を顕彰している。

十二月、この美術館で開かれた「藤島武二が描いた時代」展を見にゆく。藤島武二（一八六七～一九四三）は、久米桂一郎と親しかった。その縁で開かれた。桐生市の大川美術館所蔵の百点のスケッチから成るコレクションを中心にしている。

藤島武二は、好きな画家のひとり。

私などの世代がこの画家を知るのは、一九六六年に発売された十円切手によって。藤島武二の「蝶」の絵を切手にした。髪の長い美しい女性が花に唇を寄せている。そのまわりには蝶が飛びかっている。一九〇四年の作。実にモダン。日本人の画家がこんなにしゃれた絵を描くのかと、学生時代、この切手を見て驚嘆したものだった。

大川美術館の館長、田中淳氏によれば「19世紀末から20世紀初頭、明治30年代の日本では、美術、文学において『明治浪漫主義』と称された耽美的なイメージが流行します。藤島武二は、ヨーロッパのアール・ヌーボー様式に触発されながら甘美で装飾的な独自の世界をつくりだしました」（久米美術館「館報」二〇二〇年六月）。

アール・ヌーボーの画家アルフォンス・ミュシャの影響を受けたという。なるほど「蝶」は、ミュシャの絵の隣りに置いても合う。

二〇〇一年、東京藝術大学の大学美術館で開かれた「油画を読む　高橋由一から黒田清輝の時代へ」展では、藤島武二のもうひとつの素晴しい絵を見た。

「池《ち》畔《はん》納涼」と題されている。明治三十一年の作。池の畔にいる着物姿の二人の女性を描いている（池は不忍池か）。一人はベンチに団扇を持って座り、もう一人はその横に立って本を開いている。柳の葉が微風に揺れている。夏の日の平穏が伝わってくる。

この絵に魅了され、翌二〇〇二年、本と絵画をめぐる随筆集『はるかな本、遠い絵』（角川選書）を出したとき、表紙にこの絵をあしらった。

久米美術館の藤島武二展でとくに魅かれた絵があった。台湾の廟や女性を描いた絵。一九一〇年から三〇年にかけて、藤島武二は、朝鮮半島、「満州」、そして台湾をしばしば訪れたという。

コロナ禍のために、毎年、行っていた台湾に今年（二〇二〇年）は行けなかった。この藤島武二の絵で台湾を思うしかない。

十一月に渋谷のオーチャードホールで開かれた小山実稚恵のピアノ・コンサートは素晴しかった。全六回のシリーズ「ベートーヴェン、そして…」の四回目。コロナ禍のなかで行われたが、しばし、その憂鬱を忘れた。

最後に演奏されたピアノ協奏曲第五番「皇帝」の熱っぽさに圧倒された（山田和樹指揮、横浜シンフォニエッタ）。そして何よりも新鮮だったのは、ベートーヴェンがまだ十代の少年のころに作曲したという「ドレスラーの行進曲による9つの変奏曲」と、ピアノ協奏曲「第0番」。

どちらもはじめて聴いた。「第0番」は十三歳のときに作曲されたという。後年の重厚さはなく、ハイドンを思わせるような明るい軽さがある。ベートーヴェンが、こんな軽やかな曲を作っていたかと驚いた。

こういう曲をプログラムに組み入れる小山実稚恵さんの意欲に敬服する。

コンサートが終って、銀座の山野楽器店に飛んでゆき、「第0番」のCDを探したが、なかった。店員に聞くと発売されていないとのこと。小山さん、ぜひCDを出してください。

逢坂剛の新作『鏡影劇場』（新潮社）は、十九世紀初頭のドイツ浪漫派の作家E《エ》・T《テ》・A《ア》・ホフマン（一七七六～一八二二）をめぐる文芸ミステリ。

この小説を読んで、ホフマンが実は音楽家になりたかったことを知った。実際、作曲したオペラ「ウンディーネ」は好評を博したという。さらに驚くのは、まだ高名ではなかったベートーヴェンの交響曲第五番をいち早く評価したこと。

「ベートーヴェンはそれを多として、ヴィーンから一八二〇年三月二十三日付で、ベルリンのホフマンに礼状を書いている」

ベートーヴェン生誕二百五十年を記念して、このところNHKテレビが稲垣吾郎の司会でベートーヴェンの番組を放映している。

十二月には、視聴者による楽聖の名曲の人気投票を行っている。一位が「第九」なのは当然として、二位は「英雄」「運命」「田園」を抑えて交響曲「第七番」。「七番」は確かに人気曲ではあるが、曲名が付いていないこともあって、以前は三、五、六番よりは人気は下だったと思う。それが堂々、二位とは。躍動感あふれる軽快さが、現代人に合っているのだろうか。

私がはじめて本格的なクラシックのコンサートに行ったのは、一九六二年の春、アムステルダム・コンセルトヘボウ（現在のロイヤル・コンセルトヘボウ管弦楽団）が来日したとき。高校三年生。貧乏学生だったから、かなり無理してチケットを買った。このとき、東京文化会館で聴いたのがオイゲン・ヨッフムの指揮するベートーヴェンの「七番」だった。

（「東京人」二〇二一年三月号）

荷風ゆかりの地、市ヶ谷八幡に初詣。

相変わらずコロナのため遠出ができない。

初詣はどこに行ったらいいいか。少し考えて今年は、市ヶ谷の市谷亀岡八幡宮に出かけることにした（以下、市ヶ谷八幡）。

市ヶ谷駅の西側、お堀端にある。中央線や総武線に乗るとお堀の向こうに、かすかにその石段が見える。

石段は五、六十段はある。かなり急で、今年喜寿を迎える人間には、登り切るのはかなりつらいものがある。

石段の左手には、茶ノ木稲荷がある。眼病にご利益があるという。最近、視力の弱っている身としては、思わず手を合わせる。

さらに石段を登ると、本殿に出る。茅の輪があり、それをくぐって参拝する。

通称、市ヶ谷八幡は、もとを辿ると太田道灌にまでさかのぼるという古い神社。

永井荷風は、下町散歩ばかりが語られるが、山の手生まれだけに、市ヶ谷のお堀端の風景も愛してやまなかった。

『日和下駄　一名東京散策記』にはこう書かれている。

「私は四谷見附を出てから迂曲した外濠の堤の、丁度その曲角《まがりかど》になっている本村町《ほんむらちょう》の坂上に立って、次第に地勢の低くなり行くにつれ、目のとどくかぎり市ケ谷から牛込を経て遠く小石川の高台を望む景色をば東京中での最も美しい景色の中に数えている」

現在の四ツ谷駅の西口、お堀端の坂（東京マラソンの最後の難所）から市ヶ谷、さらに遠く小石川の高台を眺める風景が東京随一と言っている。

無論、その小石川には生家があったためいっそう愛すべき風景になっているのだが、「市ヶ谷から牛込」のなかには、当然、お堀端の市ヶ谷八幡がある。

だから荷風は『日和下駄』のなかでこう続けている。「市ケ谷八幡の桜早くも散って、茶の木稲荷の茶の木の生垣伸び茂る頃、濠端《ほりばた》づたいの道すがら、行手《ゆくて》に望む牛込小石川の高台かけて、緑滴《したた》る新樹の梢に、ゆらゆらと初夏の雲涼し気に動く空を見る時、私は何のいわれもなく山の手のこの辺《あたり》を中心にして江戸の狂歌が勃興した天明時代の風流を思起《おもいおこ》すのである」

大正時代に『日和下駄』を書いた荷風にとっては、市ヶ谷から小石川あたりの高台が当時は「山の手」と考えられていたことがわかる。市ヶ谷八幡の石段は、その山の手への境界だったといっていい。

正月に、市ヶ谷八幡に初詣に出かけたのは、そこが荷風ゆかりの地であったこともさることながら、昨年（二〇二〇年）の十月に早川書房から出版されたイギリス在住のアメリカ人の日本文学者、アンナ・シャーマンの『追憶の東京　異国の時を旅する』（吉井智津訳）を読んで、市ヶ谷八幡が、江戸時代、時を告げる鐘が置かれていたところと知ったから。日本人の私が、外国の研究者に教えられた。

江戸の人は「時の鐘」で時刻を知った。幕府公認の「時の鐘」は、江戸では浅草の浅草寺、上野の寛永寺、築地の本願寺など九ヵ所にあった。市ヶ谷八幡はそのうちのひとつだった。

それが現在では残っていない。明治維新の時に徳川ゆかりの寺社は破壊された。『追憶の東京』によれば、「新政府は徳川の時代は終わったことを明確にし、寺院が時の鐘を鳴らすことを禁止した」。

市ヶ谷八幡の「時の鐘」はその犠牲になった。荷風は当然、そのことを知っていただろう。そして薩長嫌いの荷風は、江戸ゆかりの市ヶ谷八幡に思い入れをしていたに違いない。

市ヶ谷八幡は荷風『つゆのあとさき』（昭和六年）にも登場する。主人公のカフェの女給、君江は多情な女で男出入りが多い。愛人の流行作家、清岡はあるとき、彼女の行先を探ろうとあとをつける。お堀端の本村町の下宿から出てきた彼女を追うと、近くの市ヶ谷八幡に登ってゆく。そして「眼下に市ヶ谷見附一帯の家を見下ろす崖上のベンチ」で男に会う。この神社の境内が格好の逢引きの場になっている。荷風は神社に来たとき、訳ありの男女の姿を目にして、それを小説に取り入れたのかもしれない。

市ヶ谷八幡にお参りをしたあと、足を延ばし、四谷を経て、四谷三丁目近くの須賀町にある須賀神社に行く。初詣のはしご。

この神社は大ヒットした新海誠監督のアニメ『君の名は。』（二〇一六年）に登場したことでアニメファンの聖地になった。若い人が多いかと思ったが、コロナのせいか案外、静かだったのは幸いだった。

須賀神社から信濃町駅は近い。

信濃町駅の駅名は、実は永井荷風と関わりがある。永井家の始祖は、戦国時代の武将、永井直《なお》勝《かつ》。その嫡男信濃守尚政《なおまさ》は、江戸初期、現在の信濃町駅近くに居を構えた。そのため信濃町の駅名が付いたという（秋庭太郎『考證 永井荷風』岩波書店、昭和四十一年）。


コロナ禍のため映画館や試写会から足が遠のいてしまう。かわりに家で古い映画をビデオで楽しむことが多くなった。

十二月、昔の映画のソフトを出し続けている会社、ジュネス企画から『キング・ヴィダー』のDVDBOXが発売された。ヴィダー監督は私などの世代にはグレゴリー・ペック、ジェニファー・ジョーンズ主演の西部劇『白昼の決闘』（一九四六年）や、オードリー・ヘップバーンがナターシャを演じた『戦争と平和』（一九五六年）が知られているが、発売されたBOXは五本のうち四本が戦前の作品で、そのなかに以前から見たかった一九三二年の作品『シナラ』が入っている。

ようやく見ることができた。

ロンドンに住む愛妻家の弁護士（ロナルド・コールマン）が妻（ケイ・フランシス）の旅行中、料理店でたまたま知り合った若い女性（フィリス・バリー）と深い仲になり、妻と若い女性との板挟みになって悩む。

日本では昭和八年に公開されていて、当時映画評論家の双葉十三郎氏が絶賛した。題名の「シナラ」は、冒頭に引用されているイギリスの詩人アーネスト・ダウスンの同名の詩から取られている。

岩波文庫で出ている『アーネスト・ダウスン作品集』（二〇〇七年）の訳者、南條竹則氏によればダウスンは、「大詩人ではないけれども、細々と長く愛されて来た詩人」でとくに「シナラ」は英米でよく知られているという。マーガレット・ミッチェルの『風と共に去りぬ』の題名（Gone With the Wind）は「シナラ」から取られている。

映画の冒頭には詩「シナラ」のリフレイン〝I have been faithful to thee, Cynara! in my fashion.〟が引用される。南條竹則氏が紹介している昭和八年の矢野峰人訳では「われはわれとてひとすぢに恋ひわたりたる君なれば、あはれシナラよ」。平たく訳せば「シナラよ、私は私のやり方でずっと君を愛している」。映画では主人公のロナルド・コールマンの妻への気持ちをあらわしている。

このアーネスト・ダウスンも荷風と少し関わりがある。日本で早くにダウスンを紹介した一人に英文学者の平井呈一がいる。若き日、荷風を敬愛しながらその原稿を偽造して売ったために荷風の怒りを買った。

平井呈一をモデルにした岡松和夫の小説『断弦』（文藝春秋、一九九三年）では、主人公の「貞吉」が荷風を思わせる作家「荷葉」に会ったとき、「薔薇と陶酔の日々の束の間にて」と呟くと「荷葉」がすかさず「ダウスンですね」と応ずる。

ちなみに平井呈一は岡松和夫の妻の伯父だという。

昨年十一月に出版された漫画家でオペラ歌手の池田理代子の『第一歌集　寂しき骨』（集英社）は素晴らしい。

とくに戦時中、兵隊に取られ、中国や南の島で戦い、奇跡的に生還した父親のことを詠んだ歌が胸を打つ。

「南方の戦を生きて父は還る　命を我につながんがため」

「手榴弾一個ばかりの命にて　語れぬ日々を兵士は生きたり」

戦場のことを父は語ることはなかっただろう。あまりに悲惨な死を見たから。娘は若き日、その「語れぬ日々」を生きる元兵士を青臭く批判した。「ただ一度父を侮辱した　鬼の如く殴りつづけた父が恋しい」。

戦争の時代を生きた父は、戦なき時代にも生き、八十五歳で逝った。父の最期は、母親も父親を一番愛した妹も間に合わず、「一番親不孝だった私」が看取った。

「密林を這いし手負いの兵たりし　父はわが腕《て》に天寿を終える」

昭和の厳しい時代を生きた父親への鎮魂歌になっていて、胸がふさがれる。

池田理代子の声に魅了されたことがある。

拙著『マイ・バック・ページ』に書いたことだが、この本を書こうと心に決めるきっかけになったのは、一九八六年の四月、フランスの映画作家、クリス・マルケルの詩的ドキュメンタリー『サン・ソレイユ（日の光もなく）』を見たときだった。

マルケルが東京で撮影した日常風景のなかに突然、ヘルメットをかぶった学生たちの姿が映し出された。意表を突かれる思いだった。あの時代のことは思い出したくなかったから。しかし、その画面に女性のナレーション（日本語）が流れたとき、言葉の重さもさることながら、女性の声の優しさに大仰ではなく心が震えた。

「愛するということが、もし幻想を抱かずに愛するということなら、僕は、あの世代を愛したといえる。彼らのユートピアには感心しなかったが、しかし、彼らは何よりもまず叫びを、原初の叫びを上げたのだった」

このナレーションを担当したのが池田理代子だった。クリス・マルケルは、池田理代子が高名な漫画家であることを知らず、ある日、日本に来てテレビで彼女が話しているのを聴いて「この声だ！」と、ナレーションを依頼したのだという。

（「東京人」二〇二一年四月号）

荷風の書斎を見に市川へ。

　この一月、市川市の市役所第一庁舎一階に、永井荷風が晩年を過ごした家の書斎が再現された。荷風の養子、永井永光《ひさみつ》さんの長男、永井壮一郎さんが寄贈した。

　荷風は、昭和二十年三月十日の東京大空襲で長く住んだ麻布市兵衛町の自宅、偏奇館を焼かれたあと、明石、岡山へと疎開。岡山で終戦を迎えたあと、熱海暮しを経て昭和二十一年の一月、六十七歳のとき、市川市に移り住んだ。

　以来市川市内で、三ヵ所を転々とし、昭和三十二年三月に四度目の転居をする。市川市八幡、京成電車の京成八幡駅の北側に新居を建て、そこに移った。ここが終《つい》の住み家となった。

　このとき、荷風は七十七歳。翌々年に七十九歳で亡くなるのだから、新居ではわずか二年しか暮さなかったことになる。

　荷風没後、永光さんの家族が住んだ。私は『荷風と東京』（都市出版、一九九六年）を出版するとき、永光さんを訪ね、この書斎を見せてもらったことがある。六畳間で、文机と本棚がひとつあるだけの、きわめて簡素な書斎だった。

　永光さん御夫婦は荷風の遺品の守り人のような人で、とりわけ『断腸亭日乗』の原本を大切に、それを入れるための金庫まで作られていたのには感動した（現在では市川市が湾岸にある倉庫に大事に保管している）。

市役所に再現された書斎は、荷風が使っていた当時、そのままによみがえらせている。襖の破れや、座布団のほころびもそのままにしている。書斎の前には荷風の等身大の人形（一八〇センチ）が作られている。

昭和三十四年四月三十日の未明に、荷風はこの書斎で倒れた。

森鷗外の次女、杏奴《あんぬ》の夫で画家の小堀四郎は、荷風と親交があり、荷風死去の報せを受けると、すぐに八幡の家に行き、書斎で倒れた荷風の姿を、足元のほうからデッサンしている（小堀鷗一郎、横光桃子編『鷗外の遺産 第三巻 社会へ』幻戯書房、二〇〇六年）。

その絵を見ると、荷風は畳に敷いた布団のなかで俯せに倒れている。頭の上方に文机と火鉢があり、左手に本棚。枕元には「鷗外全集」の『澁江抽斎』が開かれている。

孤高を愛した荷風は、よほど親しい人間でなければ書斎に通さなかったと思う。いま、その書斎を自由に見ることができる。なんだか荷風にすまない気がしてしまう。

市庁舎を出て市川の町を歩く。終の家は現在、壮一郎さんの家族が住んでいる。よく荷風ファンが訪ねてくる。家族にとっては生活の場だから、それに応対するのは苦しいことだったろう。その結果、書斎を市に寄贈することになったという。

コロナ禍だが、春はいつものように訪れる。市川の町のあちこちに梅の花が咲いている。市川に移り住んでの荷風の句が思い浮かぶ。
「葛飾に越して間もなし梅の花」

東京駅の東京ステーションギャラリーで開かれている「没後七〇年　南薫造《みなみくんぞう》」展を見にゆく。「ニッポンの印象派」と題されている。

南薫造は明治末から昭和にかけて活躍した洋画家（一八八三～一九五〇）。没後七十年になるのを機にしての本格的な回顧展。

南薫造の絵でいちばんよく知られているのは、一九〇九年、パリ留学時代の作品「少女」だろう。少女が庭先のテーブルで書きものをしている。愛らしい絵で、今回の「南薫造」展のチラシやポスターにもこの絵が使われている。

二〇一二年に、八十円切手にもなっている。「東京国立近代美術館開館60周年　京都国立近代美術館開館50周年」の記念切手で、岸田劉生の「道路と土手と塀（切通之写生）」（一九一五年）や、鏑木清方の「三遊亭円朝像」（一九三〇年）、上村松園の「母子」（一九三四年）などと共に選ばれている。

この絵は人気が高いのだろう、ポストカードになっていて、東京国立近代美術館のミュージアム・ショップで売られている。愛用している。

「少女」（一九〇九年）に代表されるように、南薫造には子どもを描いた愛らしい絵が多く目につく。

パリと思われる公園のベンチに座った二人の女の子のうしろ姿を描いた「ベンチの子供」（制作年不詳）、イギリスで描かれた、窓辺に立つ少女をうしろから描いた「うしろむき」（一九〇九年）、やはりイギリス時代の作品、少女が花瓶に花を入れている「二人の少女」（一九〇八年）。いずれも外国の少女と思われるが、日本に帰ってきては、なんといっても「童子」（制作年不詳）が愛らしい。

着物姿で裸足の女の子が三人、倒木に仲良く腰掛けている。左端には幼ない子ども（弟だろう）を背負った、やはり着物姿で裸足の女の子が立っている。

さらに戦後の「曝書《ばくしょ》」（一九四六年）。広い座敷に和書をいっぱいに広げ、虫干しをしている二人の少女を描いている。二人は南薫造の孫という。祖父の曝書の手伝いをしているのだろう。

どの子どもも王侯貴族の着飾った子どもではなく、市井の普通の子どもであるのが好ましい。留学時代の作品の子どもたちは、『赤毛のアン』に登場してもおかしくない、素朴な可愛らしさがある。

南薫造は、広島県の瀬戸内に面した内海町（現在の呉市安浦町）の医者の家に生まれた。瀬戸内の穏やかな海辺の家に育ったためか、その絵はどれも人をなごませる柔らかさがある。厳しい、荒々しい風景ではない。

小さな港、畑仕事をする農夫、花壇、水郷、静かな海、農村の牧草刈り。どの絵からも市井の人々の暮しがうかがえる。

ヨーロッパだけではなくアジアにも旅している。

「台湾風景」（一九三〇年頃）の、石段のある町は淡水《ダンシュイ》ではあるまいか。西洋風の建物が並ぶ向こうの川を帆船がゆくのも、淡水を思わせる。

さらに韓国、中国にも旅している。異国でも立派な風景ではなく、ごく日常的な町の風景をとらえている。異国にいても故郷の瀬戸内の町を思い出していたのだろう。

ステーションギャラリーで「南薫造」展を見たあと、すぐ近くの三菱一号館美術館で「テート美術館所蔵　コンスタブル展」を見にいく。美術館のはしご。

ジョン・コンスタブル（一七七六～一八三七）は、ターナーと並ぶイギリスの代表的な風景画家。ターナーが、絶景や荒れる海など大きな自然を描いたとすれば、コンスタブルは、森や清流、農村や町の小道など、小さな風景を好んで描き、のちの印象派へとつながってゆく。

いまでこそ風景画は普通に広く鑑賞されているが、絵画の歴史では、宗教画や人物画に比べ、遅れて登場し近代になって発展した。

とくに峨々《がが》たる山や神秘的な海といった絶景ではなく、普通の日常の風景のなかに美しさを見るようになったのは、十八、九世紀になってからではないか。

「コンスタブル展」の解説によれば、コンスタブルは初期には人物画をよく描き、その後、自分の好きな身近かな田園風景に移っていったという。

それというのも、当時、風景画は人物画に比べ低く見られていて、人物画を描かないと経済的に苦しかったからだという。写真のなかった時代、人物画（肖像画）は金持階級に求められ、需要があったが、風景はまだ求められず、平たくいえば金にならなかった。
コンスタブルはまさに風景画が、自立してゆく時代の画家になったといえる。

コンスタブルというと思い出す小説がある。奇妙な味で知られるロアルド・ダールの短篇「風景画」(A picture of a place)。

イギリスの農家の主婦を主人公にしている。古い農家に住んでいて、家のなかには使わなくなったアイロンとか食器とか古いものがあり、そこらへんに放っておかれ、埃をかぶっている。

ある日、町から古道具屋がやってくる。古いものなら、壊れた洗濯機でも何でも買うという。どうせ、こんな農家にはろくなものはないだろうと、たいして期待しないで家のなかをあさっていた古道具屋は、居間に置いてある一枚の絵に目をとめる。

林のなかの農家らしい家が描かれている。無造作に置かれているが、そこは古道具屋、ピンとくるものがあり、絵を裏返しにしてみると、なんと「コンスタブル作」と書かれたラベルが貼ってある。

大変な掘出し物。大喜びした古道具屋は、もちろんそんな様子も見せず、「これも貰いましょうか、額が高値になります」とかいって、まんまと絵を手に入れる。主婦が喜ぶだけのそれなりの額で。

無智な農家の主婦を騙して、コンスタブルの知られざる絵を手に入れた。古道具屋は大喜びで、逃げるように去ってゆく。

落ちがある。

古道具屋が帰ったあと、主婦は自分の部屋に入る。そこはアトリエのようになっていて、いくつかの絵が架かっている。すべて有名画家の絵。この主婦、実は贋作の才能があった。今日もまた町からやってきたバカな古道具屋を騙してやったと、主婦はにんまりしながら改めて、コンスタブルの贋作を描くために絵筆をとる。コンスタブルが高く評価されているイギリスらしい一篇。


美術館をふたつ見たあと、KITTEに行く。お目当ては、根室の回転寿司「花まる」。いつ行っても行列ができている人気店だが、この日は平日だし、コロナ禍のためか、行列がない！

六年ほど前、新潮社の仕事で「男はつらいよ」のロケ地めぐりをしたとき、シリーズ第三十三作『夜霧にむせぶ寅次郎』（一九八四年、中原理恵主演）の舞台、根室に行き、この店を知った。

その夜、同行の新潮社の二人の編集者と、夜、食事をする店を探して町を歩いたが、いい店が見つからない。あきらめかけたとき、この店を見つけた。回転寿司なので期待していなかったのだが、そのおいしかったこと！　三人とも大満足だった。

この店が東京にもあることを知り、何度も行くのだが、超のつく人気店で、いつ行っても長い行列であきらめざるを得ない。

この日は、並ばずに入ることができ、幸運だった。


（「東京人」二〇二一年五月号）

門司港、小倉昭和館とごまさば。

三月、地元の人に呼ばれて北九州市小倉に行った。コロナ禍の中での旅行は気が引けるが、地元の人に呼ばれたのでさほど気にしないですむ。

新幹線で小倉に着いてまずしたのは門司港駅《もじこう》に行くこと。在来線（鹿児島本線）で十五分ほど。

門司港駅（明治二十四年に門司駅として開設、昭和十七年に改称）の駅舎は大正三年に建てられたルネサンス風の建物で、日本の名駅舎のひとつとして名高い。

大正三年といえば東京駅の駅舎と同じ年だが、東京駅が建築界の大御所、辰野金吾によって建設されているのに対し、門司港駅は、九州鉄道管理局工務課が設計に当った。いわば自前の駅。

一昨年、この名駅が改装された。それを見に行きたかった。改装といっても建物本体はそのまま残し、外装をきれいにしている。屋根のブルー、外壁のクリーム色が鮮やかになっている。左右に教会のような塔楼があり、正面から見ると「門」の字に見える。二階の貴賓室は「みかど食堂」というレストランになっている。天井が高く、広々としている。

主要駅の多くが、東京駅をはじめ通過駅になっているいま、ここは純然たる終着駅。鹿児島本線の起終点駅になる。

関門トンネルができたのは戦時中の昭和十七年のこと。地形の問題があり、トンネルの出入口は、手前の大里駅（現在の門司駅）になり、門司港は、九州の玄関口とは呼べなくなったのは寂しいが、駅舎の堂々たる構えは、ここがいまも九州の実質的な玄関といってもおかしくはない。駅周辺はレンガ造りの建物群を整備して残し、風情のある「レトロ地区」として観光客の人気になっている。

北九州、中間《なかま》出身の高倉健の遺作となった『あなたへ』（二〇一二年）は、最後、高倉健がこの門司港の波止場を一人、歩くところで終った。

門司はまた、林芙美子の生誕の地。芙美子自身は自分を下関生まれと書いているが、のち門司在住の研究者が、門司生まれであることをつきとめた。門司港駅前の旧門司三井倶楽部（アインシュタインが泊ったことで知られる）のなかには、林芙美子資料室が設けられている。

この日、小雨が降っていた。雨の港というものも、ひっそりとしていいものだ。

歩いていて思いもかけないものを見つけた。鉄道のレール。門司港駅の横から港に向かって延びている。昔の貨物線のあとだろうか。これまで何度か、門司港に来ているが、この線路には気づかなかった。

地図を見ると、港に沿って東の和布刈《めかり》神社（松本清張の『時間の習俗』に描かれた）のほうへ向かっている。

「北九州銀行レトロライン」と名づけられ、昔の貨物線を観光列車が走っているという。平日だったので列車は走っていなかったが、こんな小さな鉄道を見つけたのはうれしい発見だった。

今回の旅は、小倉の映画館、小倉昭和館の館主、樋口智巳《ともみ》さんに呼ばれた。北九州市では秋に、「東アジア文化都市」イベントとして「アートシネマ」を上映する（北九州ゆかりの作家の原作映画を上映）。その前触れとして、小倉昭和館で、川端康成原作、西河克己監督、吉永小百合主演の『伊豆の踊子』（一九六三年）と、松本清張原作、三村晴彦監督、田中裕子主演の『天城越え』（一九八三年）の二本を上映する。

ついては、この二本について、北九州市立文学館館長の今川英子さん（林芙美子の研究者として知られる）と対談する。コロナ禍なので少し迷ったが、樋口さんも今川さんも旧知の間柄なので引き受けた。

小倉昭和館は昭和十四年、樋口智巳さんの祖父の樋口勇さんが開館。シネコン全盛の時代にあって、いまだに昭和の香りを残す「町の映画館」の良さを保っている。

智巳さんは三代目になる。シネコン相手に「町の映画館」を経営してゆくのは大変な努力がいると思うが、彼女はアイデア豊かで、小倉の映画ファンに愛され続けている。

1と2と二館ある。いまどき、ほとんどのシネコンは入れ替え制だが、ここはそれがなく、一日じゅうでも見ていられる。まさに昭和の映画館。

地元ゆかりの映画人との交流もさかんで、館内には高倉健をはじめリリー・フランキー、栗原小巻ら数多くの映画人の色紙が飾られている。

二〇一五年、小倉で前年十一月に死去した高倉健を偲ぶイベントに富司純子《ふじすみこ》さんが出席したとき、このかつて高倉健と共演したことのある名花は、小倉昭和館で自分が出演している『あ・うん』（一九八九年）と『俠骨一代』（一九六七年）を上映していると知って、時間を作って足を運んでいる。

樋口智巳さんはアイデア豊か。高倉健の追悼イベントに合わせて、その主演映画を上映するなど当り前。近年のことでいいアイデアだと思ったのは、女性のファッションが特色の映画『オーシャンズ8《エイト》』（二〇一八年）を上映したときに、地元の素人の女性たちの参加によるファッションショーを開いている。

この三月には、時川英之監督、ストリッパーの矢沢ようこが出演する『彼女は夢で踊る』を上映した際に、矢沢ようこが出演する地元の「A級小倉劇場」でのショーに、女性客限定で観劇ツアーを企画して、映画ファンをあっといわせた。

さらに驚くのは、休憩時間に智巳さん自身が売り子となって、コーヒーや菓子を売ること。この経営努力には頭が下がる。小倉昭和館には、映画館のファンだけではなく樋口智巳さんのファンが多いこともうなずける。

今回の『伊豆の踊子』と『天城越え』の二本立ては、はじめどうしてこの二本立てか不思議に思った。ただ伊豆を舞台にしているという共通点しか思い浮かばなかった。

しかし、小倉昭和館でこの二本を続けて見ると、『天城越え』は『伊豆の踊子』の一種の後日談ではないかと思えてきた。

『天城越え』の田中裕子演じる女性は、街道の飯盛女、つまり娼婦である。『伊豆の踊子』の旅芸人の踊子は、吉永小百合が演じているため、清純な少女と思ってしまうが、その将来を考えると、決して清純のままでいるとは思えない。

西河克己監督版の『伊豆の踊子』には、川端康成の原作には出てこない女性が登場する。十朱幸代演じる薄幸な少女。若い頃から身体を売って生きてきたためだろう、肺を病んで死んでゆく。吉永小百合演じる踊子はそれを見て衝撃を受ける。いずれは自分もああなるかもしれないと思ったかもしれない。とすれば『天城越え』の娼婦、田中裕子はこの踊子の明日の姿と考えてもいいだろう。『天城越え』は『伊豆の踊子』の後日談というゆえん。

このことは、樋口智巳さんの組んだ二本立てではじめて気がついた。

小倉には北九州随一といっていい居酒屋がある。「武蔵」という。黒光りのする和風の二階家。一階はカウンターで一人でも楽しめる。小倉に来たときは、必ずここに寄る。

開店早々、カウンターに座り、まずはビール。そして肴は、ごまさば。ほとんどの客がこれを頼んでいる。北九州の名物料理。さばをごまであえている。

これは、山田太一脚本のドラマ「大丈夫です、友よ」（深町幸男演出、フジテレビ、一九九八年）で知った。北九州の津屋崎で育った深津絵里が、東京に出てきて小料理屋で働く。藤竜也が客で来る。ごまさばを頼むが東京ではまずない。深津絵里がそれなら私がと作る。藤竜也も津屋崎出身だった。

ごまさばを肴に武蔵でビールを飲む。今回もいい旅になった。

荷風本に特色のある古書店Y店で、珍しい本を見つけた。花崎利義の随筆集『千尺の帯』（求龍堂、一九七八年）。知らなかったが著者は住友海上の会長をつとめた人。その実業界の人がなぜ荷風と関係があるのか。

実は荷風と近い親類になる。姉の史が荷風の弟貞二郎と結婚した。その関係で、荷風と二度ほど会ったことがある。

とくに印象に残っているのは、貞二郎が死去したときのこと。その思い出が書かれている。

「貞二郎の通夜の夜は、荷風は和服で列席していたが、私たち若い者にも意外なほど気さくに話しかけてくれた」

「貞二郎の末子の信夫はまだ幼かったので、悲しみや多忙に追い廻されている人々から忘れられていた。荷風はそれを不憫《ふびん》に思ったらしく、膝の上に抱きあげてあやしていたが、いつの間にか信夫が粗相をしてしまった。折目正しい荷風の袴に大きなしみがついてしまったので周囲の人たちははっとした。神経質な荷風がどんな顔をするだろうかと一瞬しゅんとなった。しかし、荷風は案外平気で、何気ない風《ふう》で袴をぬいだのである」

とかく気難しく、狷介《けんかい》と言われることの多い荷風だが、心を許した相手には決してそんなことはない。もともと荷風は良家の育ち。無礼や品のない相手には無愛想になるが、そうでない相手には礼を尽している。

花崎氏は書いている。「私が荷風に接触したかぎりでは、彼がまま世間でいわれる悪評のような驕りもなく、対人嫌悪の風もなく、普通の好々爺然とした感じしか得られなかった」。

（「東京人」二〇二一年六月号）

※追記　なんということだろう。二〇二二年八月十日夜に〝北九州の市場〟といわれる小倉区の旦過市場で大火があり、小倉昭和館にも火がまわり、焼失してしまった。館主の樋口智巳さんにお見舞い申し上げると共になんとか、復活してほしい。

武蔵野の古寺に心和ませる。

亡妻の墓は小平霊園にある。

最寄りの駅は西武新宿線の小平駅になる。これまで墓参りのときは、ほとんど寄り道をしなかったのだが、この四月、新緑に誘われて帰りに、家とは反対方向（西）に行く電車に乗った。

東京の西を走る西武線は、このあたりの路線が細かく分かれていて、複雑で、ふだんあまりなじみがない。

この日、東村山駅（東村山市）ではじめて降りてみた。行き先は、駅の北西にある正福寺《しょうふくじ》という古い寺。

年を取ると寺社に親しみを覚える。ちょうど文春新書で出た鵜飼秀徳著『お寺の日本地図 名刹古刹でめぐる47都道府県』を読んで、東村山市には正福寺という古刹があることを知って、墓参りのあとに寄りたくなった。

この本によると、関東大震災と東京大空襲というふたつの災禍にあった東京には国宝指定を受けている建物は二つしかないという。

ひとつは二〇〇九年（平成二十一）に指定された旧東宮御所（迎賓館赤坂離宮）と、もうひとつが、一九五二年に指定を受けた東村山市の正福寺の地蔵堂だという。迎賓館はともかく正福寺のことはまったく知らなかった。

室町時代の建物で、一九二七年に稲村坦元《たんげん》という禅僧らによって偶然、発見されたという。当時、地蔵堂の存在はまったく忘れられていて、武蔵野の一画に残っていた地蔵堂は関係者を驚かせたという。

駅前の小さな商店街を抜けると住宅街になる。あちこちにまだ畑や雑木林が残っていて、近年までは武蔵野の面影を残していたことがうかがえる。

コロナ禍で東京の都心から郊外に移り住む人が最近増えているというが、ここも緑の多い、住みやすそうな郊外だ。

前方に緑の丘陵地帯が見えてくる。宮崎アニメ『となりのトトロ』(一九八八年)の舞台となった八国山《はちこくやま》緑地。あのアニメでは、昭和三十年代、幼ない子どもが二人いる家族が東京からここに引っ越してきたが、現在でも都心からの移住組が多いのかもしれない。

弁天池公園という小さな池のある公園では、小学生の女の子たちが楽しそうに遊んでいる。子どもにも環境がいいようだ。

新しい家が建ち並んだ通りを歩いてゆくと、やがて大きな寺が見えてくる。門前に店があるわけではない。住宅地のなかに突然、寺があらわれる。もともと寺があった静かな地が開発され、家が建つようになったのだろう。

境内は意外と大きな木はない。それだけに、山門をくぐった先にあらわれる二層の柿葺《こけらぶき》屋根

（下層は板葺）の地蔵堂が目立つ。室町中期、一四〇七年（応永十四）の建造だという。六百年以上前の建物が武蔵野の一画にひっそりと建っているとは驚く。

この日、見ることはできなかったが、この地蔵堂には、千体の地蔵が祀られている。前出『お寺の日本地図』によると、地蔵と農耕は密接な関係があり、この地の農家の人たちが豊穣を願って地蔵をここに奉納したという。

境内には人がほとんどいない。

地蔵堂をスケッチしていると、しばらくして近くのお年寄りの女性がお参りにきた。「ここは静かでいいですね」と話しかけると、「新しく越してきた人が多いから、近くにこんないいお寺があることを知らないんでしょうね。おかげで静かで、私もマスクなしで来られるんですよ」と笑った。


高齢になると、都心よりも武蔵野へと足が向く。私だけではない。最近、出版された海野弘さんの『武蔵野マイウェイ』（冬青社、二〇二一年）を読むと、一九三九年生まれ、八十二歳になる海野弘さんは、武蔵野散策を楽しんでいる。

府中から分倍河原《ぶばいがわら》、聖蹟桜ヶ丘から関戸、府中の森と浅間山《せんげんやま》、調布から野川……。自宅のある調布を基点に、武蔵野を歩いている。

散策の途中に必ずといってよいほど立寄るのは、お寺と神社。高齢者には寺社が身近かに思えてくる。

古びた木々の森に囲まれた関戸熊野神社。そのうしろの寿徳寺。雑木林の奥に観音堂がある。ニュータウンのすぐとなりに古い神社や寺があることに心和む。

野川沿いの龍源寺には近藤勇の墓がある。さらに都立野川公園の入り口のところには、近藤神社がある。近藤勇の生地だという。

青梅では塩船《しおぶね》観音寺、天寧寺、さらに金剛寺と寺巡りを楽しむ。

私がふだんの散策で行く堀之内の妙法寺も歩いている。このときの海野弘さんは実によく歩く。地下鉄丸ノ内線の東高円寺で降り、蚕糸《さんし》の森公園を抜けて、常仙寺、洋画家の木村荘八の墓のある長延寺、さらに環七を渡って妙法寺。

そこで終りかと思っていると、環七沿いの真盛寺、さらにその西の心月院や大法寺へと歩き、五日市街道から青梅街道に出て、そこからなんと荻窪まで歩いている。ゆうに一〇キロは超えるだろう。八十歳過ぎの高齢者がよくこんなに歩けると感嘆する。寺巡りをしていると疲れを忘れるのだろうか。

新宿の映画館K's cinemaで、コロナ禍のなか「台湾巨匠傑作選2021―侯孝賢監督デビュー40周年記念〈ホウ・シャオシェン大特集〉」が開かれている。『悲情城市』（一九八九年）のようなよく知られた監督作品の他に、「隠れた名作台湾映画発掘！」として、未公開映画が上映される。台湾映画コーディネーター、江口洋子さんのセレクション。

そのうちの一本、『大仏＋《プラス》』（二〇一七年、ホアン・シンヤオ監督）が面白かった。一昨年、台湾に行ったとき、台湾の知人たちが「面白いから見るように」と必ず挙げていた。

台湾の格差社会を描いている。

主人公の肛財《トーザイ》は小さな海辺の町に一人住む。廃品回収業でリヤカーで廃品を集めてまわる。彼の数少ない友人である菜脯《ツァイプー》は、大仏の製造工場の警備員をしている。

どちらも中年。冴えない中年男性二人を主人公にしているのがまず面白い。

大仏工場の社長は議員をしていることもあって金持。ベンツを乗りまわし、秘書を愛人にしている。それだけではなく、よく若い女性を誘い、車で連れ込みホテルへとしけこむ。この車にはドライブレコーダーがついている。

あるとき、二人は警備員の詰め所でこっそりドライブレコーダーを見る。画面は外の風景をとらえているのだが、音声は車内のもの。社長が若い女性とよろしく楽しんでいる様子が録音されている。

冴えない中年男二人が、それを聞いて想像をたくましくする。この映画、台湾映画には珍しくモノクロ。ドライブレコーダーに写る外の風景だけがカラーになる。

二人の中年男は、社会の底辺にいるのだが、貧しさを嘆くでもなく飄飄としているのが面白い。世捨人のようにも見える。

町にはもう一人、どこからともなくやってきた風来坊が海辺の廃屋のような監視小屋に住みついている。この男も、格差社会の底辺にいるのだが、格別そのことを深刻に悩んでいるようには見えない。

こうした、貧しさなどどこ吹く風といった男たちをユーモラスに描いている。工場では大仏が作られていて、物語の最後にそれが完成し、大きな寺へと車で運ばれてゆく。神々しい大仏が人間たちの愚行を無表情に見つめている。

『大仏+』の監督はもともとドキュメンタリーの監督だというが、「ホウ・シャオシェン大特集」で見たもう一本の『日常対話（英語題名Small Talk）』は、女性監督ホアン・フイチェンによる母親の人生をとらえたドキュメンタリー。ホウ・シャオシェンがプロデューサーを務めている。

二〇一六年の作品。

冒頭、母親の姿がビデオカメラで大きくとらえられる。短い髪をしてズボンをはいている。一見、男のよう。しかも、カメラを向けられるのが嫌なのか、ほとんど笑顔を見せない。終始、仏頂面をしている。

その母親に監督が対話者となってカメラを向ける。娘である監督は四十歳くらい。離婚したのか、シングルマザーなのか、幼ない娘を育てている。母、娘、その娘、三人で小さな部屋で暮している。

不機嫌そうに見える母親だが、食事の支度はきちんとする。娘と孫娘のために台所に立って料理をする。

一見、普通の幸せそうな家族である。

しかし、見ているうちにこの家族、母と娘がそれぞれに、娘にも、親にもいえない秘密をかかえていることがわかってきて驚かされる。

母親は同性愛者だった。

娘はそれが不満だった。母親は子どもの自分より、女性たちを愛しているのではないか。父親との結婚はどうだったのか。自分は本当の子どもではなく養子ではないのか。

母親が同性愛者であることはわかっていたが、それまで面と向かって聞いたことはなかった。いま、四十歳になった娘は、思い切って母親にカメラを向け、インタビューするように母親に過してきた人生を振り返ってもらう。

母親は、渋々といった感じだが、ぽつりぽつりと問わず語りのように、自分の過去を娘に（カメラに）語ってゆく。

自分は子どもの頃から女の子が好きだった。大きくなって仕方なく見合結婚したが、夫が嫌で嫌で仕方がなかった。暴力を日常的に振うようになった夫に耐えられず、二人の娘（監督には妹がいる）を連れて家を逃げ出した。

そんな過去を語る母親の目に、はじめて涙があふれる。同性愛とは、男社会で虐待された女性のひそかな隠れ家だったことがわかり胸が痛くなる。

母の話を聞いた娘は、それまで誰にも話さなかった（母親にも）つらい過去を話しはじめる……。

母と娘が、はじめて心のうちを打ち明け合ったとき、家族の新しい暮しが始まる。最後、幼ない孫娘が「おばあちゃん、好き」というところは胸が熱くなる。

ホウ・シャオシェンは、若い女性監督のこんな作品をサポートしていたか。

（「東京人」二〇二一年七月号）

台湾で懐かしむ、日本の鉄道風景。

日本で出版された懐かしい写真集が台湾で出版され、その解説を書いた。

J・ウォーリー・ヒギンズ『秘蔵カラー写真で味わう60年前の東京・日本』（光文社新書、二〇一九年）。台湾での書名は『日本　昭和時代老照片　鐵道・生活・風景帖』（遠足文化）。ウォーリー・ヒギンズは瓦利・希金斯と書く。

台湾では、昭和三十年代前後の日本の風景への関心が強く、拙著でも『いまむかし　東京町歩き』（毎日新聞社、二〇一二年）が、二〇一六年に『遇見老東京』（新経典文化）と題して出版されている。

近年、台湾でも変化が激しく、失なわれた風景へのノスタルジーが強くなっているのだろう。

著者のJ・ウォーリー・ヒギンズ氏は、一九五六年、ちょうど高度経済成長にさしかかった頃、駐留米軍の軍属として来日、日本の風景を撮り始めた。

戦後のいわゆる焼跡闇市の混乱期がどうにか終わり、日本の社会が平安になりつつある頃。その穏やかさをあらわすのが、東京だけではなく日本各地を走っていた路面電車だろう（東京では都電と呼ばれた）。

ヒギンズ氏は鉄道好き、とりわけ路面電車好き。日本に来て、氏は東京だけではなく各地に路面電車が走っていることに驚き、それをカメラに収めていった。まだ日本人の多くが自由に旅する余裕がなかった時代だから、ヒギンズ氏の写真は貴重な記録になっている。

氏は北海道から南は離島だった屋久島にまで行っている。多くは一人旅だったという。屋久島に出かけたのは、島には山から切り出した木材を運ぶ森林鉄道があることに興味を覚えたから。ちなみに林芙美子は『浮雲』を書くときに、取材のために屋久島を訪れ、森林鉄道のトロッコに乗っている。

この本に収められた路面電車、あるいは、軽便鉄道の写真には、日本にはこんなに多くの鉄道が走っていたのかとうれしく驚く。それが車社会になるにつれ、ひとつずつ消えていった。秋田県を走っていた羽後交通雄勝《おがち》線、静岡県を走っていた静岡鉄道秋葉《あきは》線、山口県を走っていた船木鉄道。

まるで玩具のような小さな鉄道の姿に心和む。いずれもいままで見たことのない写真で、おそらくヒギンズ氏しか撮っていないのではないか。

ヒギンズ氏は国鉄の仕事もしていたので、オリンピックの直前、一九六四年の十月に開通した新幹線のテストランに乗っている。

新幹線を「素晴らしい乗物」というヒギンズ氏だが、正直に、速すぎて好きになれないといっている。だから「日本を知りたかったら、在来線に乗って、景色を楽しみながら回るのがお薦め」と。

ローカル線の旅が好きな人間としては、意を強くする。そのローカル線の旅を、コロナ禍のためできなくなっているのが悲しい。

鉄道の旅ができなくなったので、鉄道の本を読む。

内田宗治さんの『地形と歴史で読み解く　鉄道と街道の深い関係　東京周辺』（実業之日本社、二〇二一年）。

鉄道の敷設が、地形と深く関わっていることを明らかにしていて面白い。

例えば、よく話題になるが、甲武鉄道（現在の中央線）が東中野駅あたりから立川駅あたりまで一直線になっているのは、途中に山や丘、谷、崖などの障害物がないため、武蔵野台地を一直線に進むことができた。

甲州街道沿いを走る案は、地元住民が、汽車は危険だから反対したといういわゆる鉄道忌避伝説の結果ではなく、地形をうまく利用した絶妙の配置だった。

甲武鉄道の都市部を見ると、四ツ谷駅周辺と御茶ノ水駅周辺は、江戸時代に行なわれた地形改造によってできた濠をうまく利用しているという説明も納得できる。

内田宗治さんは、東京とその周辺を走る鉄道の特色を時代によって三つに分ける。この三区分もなるほどと納得する。鉄道と江戸時代に作られた街道との関係で、三世代に分かれるという。

第一世代はおおむね現在のＪＲ路線で、「都心と地方を結ぶことを重要視し、街道沿いにはこだわらない」。

第二世代は私鉄の一部がこれに当る。「街道沿いに開業の路線」。甲州街道沿いに作られた京王線がその代表。

第三世代は「郊外電車の時代」で、地形も街道も無視して都心と郊外を結ぶ。小田急線がこれに当る。

なるほど、この三区分を頭に入れておくと、東京の鉄道の歴史がすっきりと整理される。

内田宗治さんの本で、細部で面白かった項目は「「絹の道」と横浜線」。明治開化期の重要な輸出品は生糸。上州などで生産された生糸は「絹の道」（浜街道）を通って横浜港に運ばれた。この絹の道に沿って第二世代の横浜鉄道（現在のJR横浜線）が作られた。

コロナ禍で遠出ができなくなってから時折り、この絹の道を歩く。八王子に鑓水《やりみず》というところがあるのを知った。生糸取引で富を得た商人が住んだところだが、明治二十年頃に没落した。

なぜ没落したか。内田宗治さんの説明が面白い。生糸は横浜で相場がたった。横浜に近い鑓水は、この相場をいち早く知ることができたため、富を得ることができた。ところが明治に入り電信が普及すると、その地の利が得られなくなり、鑓水商人は没落していった。この話も興味深い。

「絹の道」で思い出す女性がいる。「毒婦」といわれた高橋お伝。明治十二年、古着商を殺し、捕われ、市ヶ谷監獄で斬首された。文芸評論家、前田愛の『幻景の明治』（岩波現代文庫、二〇〇五年）によると、高橋お伝の足跡を辿ると「安政の開国によって生糸の流出口になった横浜港から上州の桐生・前橋・相生・富岡地区へと通ずる絹の道《シルクロード》とぴったりと重なるのである」。お伝は明治開化の女だったことになる。

ミステリ小説は、民主主義国家でなければ生まれない。日常的に強権による不当逮捕や拷問が行なわれているような国では、謎解きのミステリは生まれようがない。

一九八七年に戒厳令が解除され、民主化が進んでいった台湾でミステリが誕生しつつある。一九五四年生まれの紀蔚然《きうつぜん》の『台北プライベートアイ』（舩山むつみ訳、文藝春秋、二〇二一年）。台北にフィリップ・マーロウが現われたような趣き。

主人公は、呉誠《ウーチエン》という中年の男。大学の先生で、劇作家としても高名だったが、妻に出ていかれたことや、人間関係がうまくゆかなくなったことなどから突然、大学を辞め、演劇界からも身を引き、しがない私立探偵になった。

といっても素人同然。銃は持たないし、車もなく、自転車で台北の町を走りまわる。アメリカの私立探偵たちのパロディのよう。

この素人探偵が、自宅近くで次々に起こる連続殺人事件に巻き込まれてゆく。住んでいる町は、台北のはずれ、臥龍街《ウオロンジエ》。「行き止まりの横丁」。以前は、葬儀社などが多くあったので「死の街」と呼ばれていた。いかにもしがない探偵が住むのにふさわしい。

ミステリは都市小説だから、舞台となる町がよく描かれていなければならないが、この小説は臥龍街だけではなく主人公の動きと共に具体的な町の名前が明示され、都市小説としても読みごたえがある。

台北はいまや、いたるところに監視カメラがある監視社会であることも、この小説で知った。連続殺人はアメリカ、イギリス、アジアでは日本と、成熟した社会でよく起る。とすると、台湾も成熟した社会へ仲間入りか。

こんな言葉がある。「この世紀はまだ若いが、世界はすでに老いている」。ウィリアム・アイリッシュ風。

私立探偵には恋愛もつきもの。この主人公も仕事で知ることになった、中学生の娘のいる女性といい関係になるのが心和む。

台湾の民主化といえば、国民党一党独裁の時代に、民主化のために命がけで戦った硬骨漢を描いたノンフィクション、近藤伸二の『彭明敏《ほうめいびん》　蒋介石《しょうかいせき》と闘った台湾人』（白水社、二〇二一年）には、こういう人物がいたのかと心打たれた。

彭明敏は、日本統治時代の一九二三年の生まれ。戦前、日本の東京帝国大学に学んだ本省人のエリート。戦時下、長崎で米軍の戦闘機の攻撃で左手を撃たれ、切断せざるを得なかったという。

戦後、台湾に戻り、法学者として名を成し、国民党政権にも評価されたが、国民党に入党するのは拒み続けた。

それればかりか戒厳令の厳しい時代、若い仲間二人と台湾の民主化を訴える文書（「自救宣言」）

を発表しようとした。これが、印刷所などの密告（当時は密告が奨励された）によって発覚、逮捕された。

恩赦により一年後、保釈されるが監視の目は厳しく、生命も危険にさらされる。ついに台湾脱出を試み、みごと成功する。

波乱の人生である。ジャーナリストの著者は、九十歳を過ぎ、いまは台湾で暮すこの反骨の士に何度も取材をし、この本を書き上げた。台湾現代史を一個人で語っていて、教えられることが多い。

台湾脱出にあたっては、何人かの志ある日本人が手助けしたという事実にも感動する。彼らはあくまでも黒衣に徹し、近藤伸二氏が取材するまで決して表に出なかった。まさに近藤氏がいうように真の「日台の絆」がある。

（「東京人」二〇二一年八月号）

水郷水元公園と塩見三省さん。

梅雨の晴れ間の一日、葛飾区の水元《みずもと》公園（都立）に出かけた。コロナ禍で遠出ができないので、近場にある緑地が有難い。

水元公園は東京都内随一の緑地。わが家の近くの善福寺川緑地も緑が多いが（ここもやはり都立）、広大な水元公園にはかなわない。

江戸川と中川にはさまれた湿地帯を一九六五年に公園に整備したもので、まだかつての水郷の面影を残している。一九六五年といえば東京オリンピックの翌年。東京のあちこちで都市改造が行なわれていた頃だが、その時代によく、これだけの緑地を残した。

江戸時代に開削された小合溜《こあいだめ》を中心に作られている。小合溜の向こうは埼玉県の三郷《みさと》市。東京のはずれになる。

山田洋次監督の「男はつらいよ」の第一作（一九六九年）は、渥美清演じる寅の語りで「桜が咲いております。懐しい葛飾の桜が今年も咲いております」「花の咲く頃になると、決まって思い出すのは故郷のこと……。ガキの時分、洟《はな》ったれ仲間を相手に暴れまわった水元公園や江戸川の土手や帝釈様の境内のことでございました」というところから始まった。

同じ葛飾区内の柴又で生まれ育った寅は、子どもの頃、水元公園で遊んだといっている。といっても当時はまだ公園として整備されておらず、芦の茂る湿地帯だったろう。

「男はつらいよ」の第一作では、寅が憧れの帝釈天のお嬢さん（光本幸子）と夏の一日、水元公園に出かけ、小合溜でボートに乗っている。「男はつらいよ」のファンにとっては、水元公園は特別な場所になっている。

この季節、公園のあちこちに菖蒲が咲き、紫陽花が歩道を彩る。ハンの木やポプラがまっすぐに立ち、その下はウマゴヤシの黄色い花の咲く野原になっている。水辺には釣り人の姿が見える。平日のせいか、人は思いのほか少ない。東京のはずれに、こんな静かな緑地があるとはうれしくなる。

公園の正面入り口近くに文学碑がある。

一九八七年に、葛飾区によって建てられた芝木好子の文学碑。代表作のひとつ、明治に生きた薄幸の女性の画家を描いた『葛飾の女』（一九六五年）にちなんだ碑で、作品中の一文「菖蒲の咲く頃の葛飾は美しい。田園は青葉に霞んで、雲雀が鳴く。堤の桜も花見のころは人が出盛つたが、それも過ぎると、水に柳の眺めのよい季節になる。沼地の多い土地柄で、田の畦にも菖蒲が咲いた」が、芝木好子自身の字で刻まれている。芝木好子の愛読者としては、こういう碑が水元公園に建てられたのはうれしい。

『葛飾の女』の主人公、真紀は、上野の下谷にある紙問屋の娘。日本画の美しさに魅せられて、滝川清澄という画家に師事する。この師を慕う。しかし、明治の世に女性は自由に生きられない。父親の意思に従い、葛飾の水郷にある地主の家に嫁ぐ。旧家の暮しに息がつまる。何より師のことが忘れられない。その苦しみからついに水郷で入水する。

芝木好子は、この小説を書くに当って真紀が入水する場所を探し続けた。隅田川から荒川、綾瀬川、中川とめぐったが、思わしい場所がない。

あるとき、親しくしていた柴又帝釈天の住職に案内され、水元の水郷に行った。そこが探し求めていた場所だった。それから小説を書き上げるまで、高円寺の自宅から水元公園まで何度も通ったという。よほど水郷の風景に惹かれたのだろう。ここに芝木好子の文学碑が作られていることに納得する。

私の好きな作家に野口冨士男（一九一一～九三）がいる。野口冨士男は芝木好子と親しかった。同じ東京っ子として気が合ったのだろう。

最近出版された『八木義德　野口冨士男　往復書簡集』（田畑書店、二〇二一年）を読むと、野口冨士男は、この文学碑の除幕式に出席し、祝辞を述べている。また、芝木好子が一九九一年に死去したときには、葬儀で弔辞を読んでいる。文学者どうしの友情を感じる。

水元公園を出て西のほうに少し歩くと、葛飾区立水元小学校がある。ここに大正時代に建てられた木造の小さな校舎が残っていて、現在、葛飾区の教育資料館になっている（閉館中）。

ここで思いがけない戦争の傷跡を知った。太平洋戦争中、米軍による東京への空襲は、昭和十七年（一九四二）四月十八日がはじめて。この空襲の際の機銃掃射で、水元国民学校の石出巳之助という子どもが犠牲になったという。

当時の水元といえば、まだ田園地帯の静かな地だったろう。そんなところで、子どもが戦争の犠牲になっていたとは。呆然とする。

好きな俳優に塩見《しおみ》三省《さんせい》がいる。地味な傍役だが、この人がいると映画の場面が締まる、とくに好きなのは、三谷幸喜と東京サンシャインボーイズ脚本、中原俊監督の『12人の優しい日本人』（一九九一年）の陪審員長。シドニー・ルメット監督の『十二人の怒れる男』（一九五七年）では、マーティン・バルサムが演じた。

ひと癖もふた癖もある他の陪審員たちを、なんとかまとめて評決に持ってゆこうとする実直な男。あの映画の成功は、ともすればてんでんばらばらになる議論を必死になってまとめようと努力し続けた塩見三省の力が大きい。

いつも困ったような顔をして「お願いしますよ」と混乱する場をまとめようとする。その不器用な誠実さが扇の要になっている。

とくに好きなのは、議論にまったく関心がない会社員（大河内浩）が、退屈しのぎに、「ダヨーンのおじさん」（赤塚不二夫の愉快なキャラクター）の絵を描いているのを知り、困った顔をして、「今度、ダヨーンおじさん描くと没収します」と言うところ。大したことではないイタズラ書きを、大真面目に注意する。そのギャップが絶妙な笑いを生んだ。

塩見三省さんから、はじめてのエッセイ集『歌うように伝えたい 人生を中断した私の再生と希望』（角川春樹事務所、二〇二一年）を送られた。面識はないのに。有難い。

塩見さんは、二〇一四年、六十六歳の春、重度の脳出血で突然、倒れ、救急車で虎の門病院に運ばれた。

それまで舞台をはじめ、映画、テレビなどに出演し、「順調な俳優人生を送ってきた」。それが、思いもよらない形で中断された。

そこから闘病、リハビリの試練が始まる。それまでの俳優人生が順調だっただけに、この「中断」は苦しい。

痛み、リハビリの苦しみはもちろんあるが、いちばん苦しかったのは、人生が中断されたことの困惑、これから俳優として生きてゆくことができるのか、という先の見通しが立たない不安が大きかったに違いない。とくに俳優は身体を使う仕事だから、後遺症が心配になる。

はじめは、絶望したり、自棄になったりする。涙にくれることもある。しかし、徐々に立ち直ってゆく。まず何よりも、奥さんの支えがある。次に、これはなるほどと思ったが、同じ病気に倒れ、必死に治そうとリハビリに励む仲間がいる。もしかしたら先がないかもしれない若い女性との出会いは胸を衝かれる。

驚いたのは、リハビリ仲間として長嶋茂雄に励まされたこと。あの天性の明るさを持ったスーパースターは、こう言って塩見さんを鼓舞する。「シオミさん、苦しい時には引いていたらダメだよ。そういう時こそグッと前に出るんだ！」「一生懸命にやればできるようになり、もっと一生懸命やれば楽しくなる。そしてもっともっと一生懸命やれば、誰かが助けてくれる！」。

ある日、弱音を吐いた塩見さんに、長嶋は言った。「シオミさん、これも人生だよ……」。こう言われた塩見さんは、「堪《こら》えきれずに泣いてしまった」。こんな塩見三省のことがいよいよ好きになる。

『歌うように伝えたい』は、闘病記であると同時に、俳優としての塩見三省が、これまでの交友を振り返った文章がまた読ませる。

もともと演劇界の出身。

師事したのは芥川比呂志。あるとき、舞台で一緒になり挨拶した。「今日の舞台で××の役で出ていました。どうだったでしょうか……」。すると、きっぱり言われた。「……どうこう言う段階ではない！」。演劇人は厳しい。

母親のように慕ったのが岸田今日子。若く、傍役が多かった塩見三省は、抑え気味の演技を心がけた。すると岸田今日子が言った。

「シオミさぁ、あなた、私の仲間なんだし、もっとガツンと監督、スタッフに見せつけてやるような芝居しなさいよ！」

塩見三省は、俳優として出会った、さまざまな先輩の俳優や演出家について、仕事を共にした歓びを書いている。

それを読みながら羨しくなった。俳優は孤立していない。仕事の過程で、さまざまな才能と時間を共にする。それは貴重な体験の積み重ねだろう。

だから、塩見三省は書く。「演劇人というものがあるなら、舞台の上で芝居をする、演じるということだけでなく、演劇を通して深く人と交じり合うものだと思う」。

俳優として多くの才能と真剣勝負で向き合う。そうやって、自らを鍛えてゆく。彼らの仕事をただ遠くから評論家として見ているだけの人間としては、身体を張って生きてきた塩見三省が羨しくなる。


（「東京人」二〇二一年九月号）

市井の人を描く野口冨士男。

今年、二〇二一年は、明治四十四年（一九一一）生まれの作家、野口冨士男の生誕百十年になる。それもあって、このところ氏の作品が次々に復刊されている。

氏の愛読者としてはうれしい。やはり落着いたいい文章で書かれた作品は長く残るのだろう。氏が日本文藝家協会の理事長をされていたとき、お会いしたことがある。ちょうど、著作権の期間が没後五十年になろうとしているときだった。「いいことですね」と申し上げると、氏はシニカルに言われたものだった。

「きみ、いまの作家で没後五十年も読まれる作家が何人いると思うんだね」

その氏の作品が没後三十年近くになるいま、次々に復刊されている。生前、まずベストセラーになどならなかった地味な作家だからこそ、こういう再評価、再発見がなされるのだろう。

復刊された作品のなかでも貴重なのは、昭和十八年に書かれた長篇小説『巷《ちまた》の空』（田畑書店）だろう。戦時中、雑誌には発表されていたが、単行本として出版されるのは今回がはじめて。実に七十八年ぶりに日の目を見たことになる。私自身、これを読むのははじめて。市井小説として実に面白い。

野口冨士男というとつい私小説作家と評してしまうが、一方で、『風のない日々』（文藝春秋、一九八一年）のような客観小説も書いている。『巷の空』も客観小説で、明治末から大正にかけて生きた靴職人を主人公にしている。私小説が作家という世外の者を描くのに対し、この小説は靴職人という手に職を持った実直な生活者の暮しを丁寧に描き出している。そこが新鮮。

太平洋戦争下、出版を願ったが、当局から不要不急と出版を許可されなかった。つまり、戦時下の戦意昂揚、愛国心鼓舞の小説とはまったく違った、時流に乗らない小説だった。

戦時下の困難な時代にあって、よくぞ時代に背を向けた地味な市井小説をこつこつと八百枚も書き続けたと、文士ならではの反骨精神に敬服する。時流に乗らなかったからこそ、現在読んでも違和感はまったくない。氏が敬愛した永井荷風が戦時下、ひそかに書き続けた『浮沈《うきしずみ》』や『問はずがたり』が、戦後になって発表されても少しも違和感がなかったのと似ている。

主人公、伊之吉が明治三十九年、十五歳のときから、大正十二年の関東大震災のあった三十二歳までが語られてゆく。

伊之吉は東京、江戸川べり（現在の文京区）の鰻屋の養子として育てられた。江戸時代から続く店だが、三代目の養父の代になって店は零落している。明治になって「牛肉だの西洋料理どころか支那料理なんぞを食いたがる奴までが出てきちまった」のが一因。

この時代の常として、商家の男の子は小学校を出れば奉公に出る。伊之吉は洋服屋を望んだが、父の意見で靴屋に働きに出ることになった。洋服も靴屋も明治の西洋化によって生まれた新しい職業である。

伊之吉は本郷の靴屋を皮切りに、神楽坂、横須賀、東京に戻って芝……と、奉公先を転々としながら修業してゆく。

解説の勝又浩氏が興味深い指摘をしている。伊之吉は、明治の青春文学、田山花袋『田舎教師』の林清三、夏目漱石『三四郎』の小川三四郎、森鷗外『青年』の小泉純一とほぼ同世代になる。彼らは三人とも文学青年。それに対し、伊之吉は市井の靴職人。きわめて珍しい。野口冨士男のもうひとつの客観小説『風のない日々』の主人公が、東京の小さな貯蓄銀行の行員だったことに通じる。つねに市井人の暮しに心を砕いていた野口冨士男らしい。

野口冨士男の作品は小説にせよ評論にせよ、手間暇かけた丁寧な時代考証、地誌、世相風俗描写に定評があるが、この小説でも、氏の私生活では縁のない靴職人という仕事の世界を実によく調べ、取材し、書き記している。作中には、自身が取材の際にスケッチした靴まで付されている（その部位名も細かく記入されている）。氏の丹念な仕事ぶりには改めて驚かされる。しかも、繰返しいえば、これは太平洋戦争下に書かれている。

伊之吉は職人としての腕を上げ、自分の店を持つ。料理屋の仲居をしていた女性と結婚し、子どもにも恵まれる。商売も順調に行き、老舗の百貨店（モデルは白木屋）の靴売り場にも自分で作った靴を並べてもらうようになる。しかし、株に手を出して失敗し、それまでの成功が消えてしまう。そこからまた妻と共に靴職人として立ち上がってゆく。明治末から大正にかけての日本庶民史にもなっていて読みごたえがある。

野口冨士男は戦後、奥さんの実家のある埼玉県越谷に疎開した。その縁で、越谷市は野口冨士男をよく顕彰していて、市立図書館内には「野口冨士男文庫」が設けられている。恵まれている。以前、ここで貴重な手帳を見た。昭和十九年、横須賀の海軍に召集されたとき、ひそかに日記をメモしていたもの。トイレで誰にも見つからぬように書き続けていたという。さきごろ中公文庫で復刊された『海軍日記　最下級兵の記録』は、このメモをもとにしている。作家にとっては記憶と、そして記録が大事だと痛感させられる。

アメリカ文学者、荒このみさんの『風と共に去りぬ　アメリカン・サーガの光と影』（岩波書店、二〇二一年）は教えられるところが多い。

荒さんは、先年、岩波文庫でマーガレット・ミッチェルの『風と共に去りぬ』を全訳（全六冊）されたばかり。この大作をよりよく理解されるために書かれたのが本書。

『風と共に去りぬ』は、戦前、昭和十三年に三笠書房から上中下三巻、大久保康雄訳で出版され、大きな話題になった。

私事になる。私の父は昭和二十年、私が一歳のときに亡くなったのでまったく記憶にない。ただ、手元に唯一、戦時下、父が書いていた読書ノートが残っている。

父は官僚だったので読む本は、政治、経済が中心だったが、なかに一冊だけ小説がある。『風と共に去りぬ』。昭和十三年に出版され話題になったが、その時点では読まなかった。昭和十六年にジャワ（インドネシア）に行ったとき、映画が上映されていたが見る機会がなかった。「このたび（昭和十六年）、映画を内務省検閲室で見る機会があったので急いで読んだ」。

そして当時の官僚らしい感想を記している。「げに南北戦争は国内戦争（内乱）ではあるが、或る意味において近代総力戦の雛型であるとも云える。戦《いくさ》には勝たねばならぬ」。『風と共に去りぬ』は、南軍の敗北に終わり、後半は戦後、南部が北部によって支配されてゆく悲劇を描いている。官僚の父は、そこに反応し「戦には勝たねばならぬ」と悲愴な気持で書きとめたのだろう。

父が内務省検閲室で見た映画は、無論、デビッド・O・セルズニック製作、ヴィクター・フレミング監督、ヴィヴィアン・リー主演の『風と共に去りぬ』。アメリカでは一九三九年（昭和十四）に公開されたが、日本では太平洋戦争開戦によって公開は禁止された。戦後になってようやく公開された。

Gone with the Wind の主語は何か。原作にはないが、映画では冒頭のクレジットに“Civilization had gone with the wind”と出る。つまり、南北戦争によって古きよき南部の文明が失われた、ということになる。

映画化にあたって、誰がスカーレットを演じるかでハリウッド映画界が騒然とした。いわゆる〝スカーレット・フィーバー〟。

このとき、当時のMGMのスター、同社の製作トップ、アーヴィング・サルバーグ夫人のノーマ・シアラーが候補にあがった。品のいい、レディといわれた女優である。本人はもちろんスカーレットを演じたがった。

しかし、ファンクラブが大反対した。なぜか。「スカーレットはレディではない。ビッチである。あなたのようなレディが演じるべきではない」。

つまり、当時、二十世紀のなかばになろうとする時代でも、マーガレット・ミッチェルの描くスカーレットは、新しい女性過ぎた。気が強く、男まさりで、家族を守るために北軍の兵士を銃で射殺する。敗北後の混乱する南部で男たちに交って事業を始める。混乱期にあって、なんとか生き続けようとする。

荒このみさんは、このスカーレットを自立する女として称揚する。現在だったらノーマ・シアラーのファンクラブも、彼女がスカーレットを演じるのに賛同するだろう。

台湾で、つげ義春の漫画が出版されることになった。日台の出版交流をすすめる黄碧君（エリー）さんの尽力による。

その解説を書くことになった。台湾の人たちにつげ義春の魅力をどう伝えればいいか。

日本の漫画の流れには、児童漫画と貸本漫画のふたつがある。児童漫画が明るく前向きな表通りとすれば、貸本漫画は暗く、屈折した裏通り。つげ義春は貸本漫画の出身で、日なたの明るさより、貧困、挫折、犯罪といった人生の暗さを描き続け、彼ならではの小世界を作っていった。

そんなことを書いたのだが、台湾の読者につげ義春のすがれた魅力がわかってもらえるといいのだが。
つげ義春と台湾といえば、代表作の『ねじ式』に台南の町角が登場する。海でメメクラゲに刺された主人公が医者を探して町を歩く。眼科の看板が多く掲げられている。この場面は、矢崎秀行『つげ義春「ねじ式」のヒミツ』(響文社、二〇一八年)によれば、台湾の写真家、王双全の写真(一九六二年)の引用なのだという。こんなことから、台湾の読者がつげ義春に興味を持ってくれるといい。

(「東京人」二〇二一年十月号)

近郊ローカル線に乗って児玉へ。

コロナ禍が続き、旅らしい旅ができない。家にとじこめられているようで息苦しくて仕方がない。そんなとき頼りになるのは「都区内からいちばん近いローカル線」といわれるJRの八高《はちこう》線。八王子と高崎（法令上はひとつ手前の倉賀野）を結ぶ。昭和九年（一九三四）の開業。

この鉄道がいいのは、主要駅のひとつ高麗川《こまがわ》を過ぎると、高崎に向かって田舎の風景が開けてくること。

武蔵野の名残りを感じさせる雑木林、狭山茶で知られる茶畑、稲田、そして遠くに上州の山々が見えてくる。隅田川の上流である荒川を渡るのもわくわくする。途中には、和紙づくりで知られる小川町や、東武東上線と秩父鉄道とが接続する寄居町があり、どちらも昔ながらの瓦屋根の町並みがかすかに残っていて心を落着かせてくれる。

八月の末、ワクチン接種を無事、二度終えたので、久しぶりに八高線に乗った。

寄居の先は、用土《ようど》、松久《まつひさ》、児玉《こだま》と無人駅が三つ続く。用土、松久にはこれまで降りて駅周辺を歩いたことがある。今回はまだ降りたことのない児玉で降りた。駅は昭和九年の開業。

高崎から上りの児玉行きが出ているから主要駅だが、現在は無人駅になっている。列車（気動車）から降りた客は平日の午後、私を入れて三人ほど。

駅前は商店の数は少ない。あとで町の人に教えられたが、駅前は昭和三十年に大火に遭ったという。そのために古い建物がない。

駅前には、児玉高校出身の新井千鶴選手が、先日のオリンピックの柔道で金メダルを獲得したことを祝うポスターが貼られている。小さな町では大いに盛り上がったことだろう。


このあたりは江戸時代から養蚕が盛んだったところ。いわゆるシルクロードにあたる。

駅から南西へ五分ほど歩くと、瓦屋根の細長い大きな建物があるので驚く。屋根の上に四つ高窓があるので、養蚕農家の建物だろうと想像がつく。

案内板には「競進社模範蚕室《きょうしんしゃもはんさんしつ》」とある。明治時代、木村九蔵という篤農家が養蚕業の発展のために建てた。いわば、養蚕の学校。

児玉町は二〇〇六年に埼玉県の本庄市と合併したが、この施設は、埼玉県指定文化財に認定されている。このあたりでとれた絹が八王子に運ばれ、そこの繊維工場で加工され、貴重な輸出品として、横浜から海外へと積出された。

百二十年ほど前の建物だが、きれいに保存されている。町の人は、明治の日本を支えた絹産業を誇りにしているのであろう。


「競進社模範蚕室」を出てしばらく歩くと、商店街に出る。駅の周辺は寂しかったが、この通りには銀行や旅館がある。老舗の菓子屋が立派な店舗を構えている。

児玉は、江戸後期の盲人の国学者、塙保己一《はなわほきいち》（一七四六〜一八二一）の出身地。七歳のときに失明、盲人の身でありながら江戸に出て国学を学び、四十年以上かけて失われつつある各種文献を集めた『群書類従《ぐんしょるいじゅう》』を完成させた。郷土の誇る偉人である。

商店街を歩き、少し坂を上がったところに「塙保己一記念館」がある。美術館を思わせるような立派な建物。町の人がこの偉人を誇りにしていることがわかる。

展示によれば、奇跡の人、ヘレン・ケラーは、戦前、日本に来て、盲人の先輩として塙保己一の偉業を知り、励みとしたという。

江戸時代、児玉から江戸に出るには、本庄に出て、そこから中山道を歩いた。案外、江戸は近く、それが保己一には幸いしたのだろう。


昭和二十九年（一九五四）、この小さな町を訪れた文士がいる。英文学者で作家の吉田健一（一九一二〜七七）。月刊誌「旅」の昭和二十九年八月号に発表された旅のエッセイ「或る田舎町の魅力」に、児玉への旅が書かれている。「何の用事もなしに旅に出るのが本当の旅だ」ではじまるこのエッセイは吉田健一の名文のひとつで、吉田健一のいくつかの本に収録されている。いま手元にあるのは中公文庫の『汽車旅の酒』（二〇一五年）に収録されたもの。

名所旧跡など何もない町を以前から探していて、それを「八高線の児玉」で見つけたという。何もないとはいっても、やはりそこに行きたくなる何かがなければ困る。「昔は秩父街道筋の宿場で栄えた児玉の、どこか豊かで落ち着いている上に、別にこれと言った名所旧跡がない為ののんびりしたい心地にそれがある」。

吉田健一は、それより三、四年前、児玉の高等学校に呼ばれて講演をしたのが、はじめての児玉行きだった。戦争で焼けなかった町には昔ながらの商店が残っていて、それが懐かしく感じられ、昭和二十九年に「旅」の仕事で再訪した。よほど、何もない町が気に入ったのだろう。

このとき、泊まったのが「田島旅館」（正式には「田島屋旅館」）。木造二階、一部三階建ての旅館。どうして静かな町にこんな「大きな旅館」があるのか。不思議に思って吉田健一がおかみさんに聞くと、「この辺は軍人に作戦の演習をさせるのに非常に適した地形なので、終戦までは将校演習に多勢の人間が児玉に来てここに泊り、その時は廊下にまで蒲団を敷き並べたものだということだった」。軍事演習に選ばれた土地だったとは、意外な事実である。

吉田健一はよほど児玉が気に入ったらしい。そのあと同じ昭和二十九年にまた訪れている。長谷川郁夫の評伝『吉田健一』（新潮社、二〇一四年）によれば、このときは、神西《じんざい》清、中村光夫、そして三島由紀夫が同行し、やはり田島屋旅館に宿泊した。旅館には四人の寄せ書きが残されているという。

「塙保己一記念館」を出たあと、町に戻って商店街を歩いた。昔の街道面影が残る。ここは昭和三十年の大火に遭わなかったらしい。古い商家がいくつか残っている。なかにとりわけ、醤油で煮しめたような色の板塀の建物がある。前面は二階家。後ろは建て増したのだろう、三階になっている。看板を見ると、「御宿田島屋」とある。ここが吉田健一の泊った旅館か。訪いを入れると、残念ながら誰も出て来ない。玄関の大きな柱時計は動いていない。あきらめて向いの店の主人に聞くと「おかみさんが腰を痛めて、休業中」とのこと。残念。

普段ならここで町の食堂を見つけてビールを飲みたいところだが、コロナ禍のこと、これはあきらめなければならない。

児玉駅に戻る。

対面式の二面のホーム。八高線は大半が単線だから、主要駅が上りと下りの交換駅になっている。この日は、八王子に戻るのもつまらないので、高崎に出ようと下りのホームで列車を待っていた。

と、高崎からの上りの列車が来て向いのホームに停車した。すれ違いのための停車かと思ったら違った。この列車が折り返して高崎に行く。そのことを知らず下りのホームに立っていたら、向いの列車から車掌が「どちらに行くの」と聞くので「高崎」と答えると、「それならこの列車」と。あわてて跨線橋をわたって向いのホームへ。高崎から来た列車はこの児玉で折り返して高崎に戻る。親切な車掌（戻りは運転手）が教えてくれた。教えてもらえなかったら大変なことになっていた。八高線の私のなかのイメージがまたよくなった。

草思社文庫で出た王育徳《いくとく》『「昭和」を生きた台湾青年　日本に亡命した台湾独立運動者の回想1924-1949』（草思社文庫、二〇二一年）を面白く読む。二〇一一年に草思社から単行本として出版されたが、不明にして読んでいなかった。

王育徳は大正十三年、台湾の生まれ。旧制台北高等学校から東京帝国大学に進学したエリート。戦後、中国国民党の強権を批判したため、身に危険が及び、昭和二十四年（一九四九）に日本に亡命、台湾独立運動に関わった。そのため故郷に帰ることはできず、昭和六十年（一九八五）に日本で没した。兄の王育霖《いくりん》は二・二八事件の犠牲になった。

少年時代の思い出が読みごたえがある。

父親は台南で海陸物産を手広く扱う卸問屋を営み、成功し、家は裕福だった。昭和十五年の紀元二千六百年の式典に父親は台湾人の民間代表の二人のうちの一人に選ばれ、日本に行き、皇居に参内している。

ただ家のなかは封建的大家族で、父親には本妻のほか、二人の妻がいた。王育徳は第二夫人の子ども。母親も、その子の王育徳も相当に苦労した。

少年時代は日本統治時代だから、当然、日本人による台湾人に対する差別はあったものの、この本を読んでうれしく驚くのは王育徳が総じて日本人に好意を持っていること。

中学、高校時代には、教育熱心な日本人の先生たちに恵まれ、何人もの恩師のことを懐しく思い出している。こんな文章もある。

「ちなみに昭和十八年（一九四三）には、台湾人児童の就業率は七〇％を超えている。日本が台湾の統治をはじめたときに、男子の九〇％が無学文盲であったことを振り返れば、日本がいかに台湾人の教育に情熱を注いだかがわかる」

昭和二十年（一九四五）八月に日本が戦争に敗れたあと、一部には日本人に対する攻撃はあったが、「たいていの台湾人は日本人に同情的であった」。そしてこう記している。「日本人は厳しかったが、真面目で裏表がなかった。それは台湾人が一番身に染みてわかっている日本人の良さであった。とくに一から教えてくれた教師や技師は、台湾人にとって恩人でもあり、親のような存在でもあった」。

いま日台の関係がいいことの大元《おおもと》は、こんなところにもあるのかもしれない。二〇一八年にはゆかりの台南に「王育徳紀念館」が開館し、入口近くには李登輝元総統からの言葉が掲げられているという。

（「東京人」二〇二一年十一月号）

古書店文化と諸星大二郎。

「キネマ旬報」の営業にいた若い友人、宮里祐人君が、そのあと移った出版社も辞め、最近、小さな古書店を開いたのにはうれしく、驚いた。

前からの夢だったという。宮里君は一人でチリの高峰に出かけるくらいの登山好きなので、山の本が中心だという。

本が売れないこの時代、会社勤めを辞め、古書店を開店するとは、その英断に敬意を表したい。私の家から近い商店街は杉並区の浜田山だが、ここには以前、三軒の古書店があって、買い物や散歩の途中で、三軒に立ち寄るのを楽しみにしていた。

それが気がつくと一軒ずつなくなり、現在はもう一軒もない。かわりにブックオフが一軒できている。古書店は本好きなら誰でも、自分でも開いてみたいと一度は思うものだが、実際に経営を成り立たせるのは大変なことに違いない。新しくこの世界に入った宮里君の健闘を祈りたい。

映画の本専門の古書店として知られる三河島の稲垣書店の店主、中山信行さんから大著『東京古書組合百年史』（東京都古書籍商業協同組合、二〇二一年）を送っていただいた。

東京古書組合は大正九年（一九二〇）に結成され、昨令和二年に百周年を迎えた。現在、五百五十六名の組合員がいるという。

結成百年とはすごい。日本の古書店文化の豊かさが、この数字にあらわれている。

昭和四十九年（一九七四）に『五十年史』を刊行していて、それに次ぐものになる。「刊行の言葉」（理事長、河野高孝氏）に、「『五十年史』が生まれた時、『百年史』がそれに続くことをどれだけの人が想像しえたでしょう」とあるが、浮沈の多い出版界にあって『五十年史』に続いて『百年史』が作られたとは、古書店の底力の強さを感じさせる。

この五十年間の大きな変化といえば、まずそれまでの古書店とはまったく違う、チェーン店を展開するブックオフが誕生したことだろう。こういう形態もありうるのかと、まさに意表を突かれた。ブックオフの登場は、一九九〇年代以降、出版点数がふくれあがったことを反映している。市場に本があふれ出した。その受け皿としてまず郊外に大型古書店があらわれ、それを真似るようにブックオフが登場した。

いまや一大勢力となっているが、ブックオフは基本的には古書店とは違う。古書というより新刊割引といったほうがいい。古書店はブックオフの登場によって、自らのよさ、特色を改めて認識したといえる。

それでもブックオフもあなどれない。本屋であることには変りない。私も文庫本などはよく買う。それと映画のDVD。思いもかけない映画が五百円ほどで売られていたりすると、つい買いこんでしまう。

この五十年間の古書業界のさらに大きな変化は、なんといってもIT化というか、平成に入って組合として「日本の古本屋」という古書検索販売サイトを立ち上げたことだろう。

古書店というと古臭いイメージがあるが、いち早くインターネットを導入した。本探しにインターネットはぴたりと合った。

私自身はアナログ人間なので自分ではできないから、若い編集者に頼んでいる。いままでは手に入れるのをあきらめていたような本が、北海道や九州の古書店にあって、注文すると一週間もたたないうちに届く。

これには素直に驚く。ただしネットの検索はピンポイントが主で、こちらが探す本をあらかじめ知っておかないと利用できない。知らなかった本、思いがけない本を見つけるのは、やはり、実際に古書店に足を運ぶしかない。

いま、ネットの便利さに慣れてしまい、古書店に行く回数が減ってしまったのは反省している。目録を作っている古書店も減ってしまい、これを読む楽しみも減ってしまったのは残念。

第五章に「見よ、古本屋の豊穣なる世界」とあって、組合発行の「古書日報」にこれまで掲載された文章の傑作選が、中山信行さんの寸評つきで紹介されている。これが面白い。実際の文章を読みたくなる。

品川力、山田朝一、内堀弘ら有名古書店主の他に、古本好きの俳優、松本克平、版画家の山高登らが文章を寄せていることを知った。古書好きで知られた文化人類学者の、山口昌男へのロングインタビューもある。

読んでみたいと思うのは、映画好きの古書店主、野村泰弘の成瀬巳喜男『乱れる』論、中山信行氏によれば、「秀逸な成瀬論」という。

また、白鳳書院鈴木吉繁の『上野文庫 駆け抜けた男』もぜひ読んでみたい。上野駅近くにあった上野文庫の「伝説の奇人古本屋中川道弘」について書かれているという。

上野文庫は、東京本が充実していて好きな古書店のひとつで、よくここに行くためだけに上野に行った。東京本といっても学術本や名著のたぐいより雑本に近いものが多く、それがかえって貴重だった。

さらに私などにうれしかったのは、昭和二、三十年代の日本映画の劇場プログラムが揃っていたこと。永井荷風原作の『踊子』(清水宏監督、一九五七年)や『「春情 鳩の街」より 渡り鳥いつ帰る』(久松静児監督、一九五五年)などのプログラムはここで手に入れた。あるとき、舞台版『濹東綺譚』(菊田一夫演出、山田五十鈴主演)のパンフレットを買ったら、なかに映画版(豊田四郎監督、一九六〇年)の山本富士子のお雪のスチル写真が入っていた。それをいうと主人はおまけにしてくれた。

店の奥に座っている中川道弘さんとは、そのときくらいしか話をしたことはなかったが、客の目には決して「奇人」の印象はなかった。いつもテープで韓国の民謡を聞いていたのが心に残っている。平成十五年(二〇〇三)に六十三歳で亡くなられたという。

三鷹の杏林大学病院に定期健診に行ったあと、三鷹駅の南口のビルにある三鷹市美術ギャラリーで開かれている「諸星大二郎展 異界への扉」を見る。

デビュー五十周年と銘打たれている。もうそんなになるのか。

諸星大二郎の漫画を見たのは、実質的なデビュー作といっていい「週刊漫画アクション」の、昭和四十八年（一九七三）の増刊号に載った「不安の立像」。

当時、駆け出しの物書きだった私は、同誌の若い編集者に「漫画の原作を書いてみないか」といわれ、この雑誌をよく読んでいた（ちなみに、漫画の原作は一度だけ、草野球漫画を書いたが、あまりぱっとするものではなく二度と注文はなかった）。

そこで「不安の立像」を知った。

都会のサラリーマンが通勤電車のなかからあるとき、線路脇にたたずむ黒い人間の姿を見る。真黒の立像で顔はわからない。満員電車のなかで、その影法師に気がついたのは「私」しかいない。気になった「私」はある日……。

都会生活者の見る暗い幻影を描いていて、強く印象に残った。こんなすごい漫画に比べれば、私の草野球漫画など平凡きわまりないと納得した。

以来、諸星大二郎の漫画は気になって読み続けている。とくに、「ビッグコミック」に載った「闇綱祭り」は忘れられない。怖く、それでいてどこか懐しい。

あるまちで昔から続いている神社の綱引きがある。まちの人たちが綱引きをするのだが、相手は大きな闇。

例年は闇が勝ち、まちの人たちは綱を放してしまうのだが、この年はまちの人が勝ってしまう。すると、大きな闇が綱に引っ張られ、まちのなかに入ってゆく。闇が次第にまちを呑みつくしてゆく。

現代のなかに民俗的な恐怖が入りこんでいる。闇という異界が日常に溶け込んでゆく。

諸星大二郎の絵の特色のひとつは、「溶ける」ではないか。日常と異界が溶け合う。日本間の戸を開くと、大きな人間の顔があらわれる。桜の花びらが散り、よく見ると花びらに人間の顔が潜んでいる。その人間たちが溶けて異界のなかに吸い込まれてゆく。

諸星大二郎の描く人間や妖怪は、くっきりとした線ではなく、ろうそくの火のようなゆらめきで描かれている。「溶けやすい」。そこから、ごく日常的な、身近かな恐怖が迫ってくる。

諸星作品のなかでとくに好きなのは、栞《しおり》と紙魚《しみ》子シリーズ。名前からわかるように、二人は本好きの女子高校生。

栞は新刊書店の娘、一方、紙魚子は古書店の娘。この「宇論堂」という古書店は、自殺のマニュアル本とか妖怪本とかの珍奇本ばかり扱う。この二人が、毎回、奇怪な出来事に遭遇する。ただし、二人ともどこかとぼけたところがあり、怪奇を描きながら決しておどろおどろしくない。ユーモラス。

例えば、第一作の「生首事件」。二人の住むまちでバラバラ殺人事件が起きる。公園のごみ捨て場のごみ袋に人間の手足が捨てられていて、まちは大騒ぎになる。

栞は、この捨てられた生首（男性の）を見つけ、拾ってくる。それを見せられた紙魚子は、店にある『生首の正しい飼い方』という本を持ってくる。二人はこの本を参考に、生首を水槽に入れて飼うことにする。日常と異常が、ごく当り前のように溶け合っているところに面白さがある。

「諸星大二郎展」の図録によると、栞と紙魚子の住む「胃の頭町」は、諸星大二郎の散歩コースである井の頭線沿線の三鷹台、久我山あたりがモデルになっているという。

また、諸星大二郎は子ども時代、荒川沿いの足立区本木で育ったという。なるほど、それで初期の「子供の遊び」や「ぼくとフリオと校庭で」には、荒川放水路を思わせる川や、四本のお化け煙突が描かれていたのかと、いまになって納得した。

(「東京人」二〇二一年十二月号)

あとがき

月刊誌「東京人」の二〇一八年八月号から二〇二一年十二月号まで連載した「東京つれづれ日誌」をまとめた。『そして、人生はつづく』（平凡社、二〇一三年）、『ひとり居の記』（同、二〇一五年）、『台湾、ローカル線、そして荷風』（同、二〇一九年）に続いて四冊目になる。

この四年間で、私にとってもっとも悲しい出来事は、尊敬する文筆家、ドイツ文学者の池内紀さんを二〇一九年八月に失なったこと。友人の少ない私にとって四歳年上の池内紀さんは、数少ない頼れる年上の友人で、氏を失なったことは、本当につらい。年齢を取るとは大事な人を亡くしてゆくことだと痛感した。

また、この間、コロナ禍という想像もし得なかった災禍がわれわれの日常を襲った。この病いは、人と人との距離を遠ざけた。人と会うこと、会話をすることがよくないこととされた。幸い、もの書きという仕事は一日、家にいて仕事をしている座業なので、蟄居の暮しはそれほど苦にならなかったが、旅に出られなくなったのはつらいものがある。

この連載期間のあとになるが、二〇二二年三月には、ウクライナでの戦争という思いもかけない悲劇が起きた。二十一世紀の世に、こんな野蛮なことが起きるとは。

先行きが見えないこの戦争のことを思うと気が重くなる。戦後の日本に育ち、戦争を知らずにすんだこと、徴兵に遭う心配がなかったこと、という幸運がいまや申し訳ないことのように思えてくる。

二〇一五年に台湾を再訪して何人もの台湾の友人が出来た。ウクライナの戦争のあと、台湾有事が心配でならない。先だって、東京で暮す台湾の若い女性の友人と会ったが、ウクライナのことに話が及ぶと、彼女は暗い表情になった。「台湾が平和であるように」と祈るしかない。

ここ数年、ともすればひとり遊びにだけおちいりがちの私を外の明るい世界へと連れ出してくれたのは、台湾で知り合った素晴しい友人たちである。コロナ禍になる前、毎年のように台湾を訪れていたのは、何よりも彼らに会いたかったからに他ならない。彼らがいつまでも幸福であるように。

表題は、良寛の「世の中にまじらぬとにはあらねども　ひとり遊びぞ我はまされる」からとった。良寛といえば老いてから若い尼僧に心を寄せた。「東京新聞」の読者の投稿短歌にこんなのがあった。「良寛に古稀の恋あり酔芙蓉《すいふよう》」。私にもこんな「酔芙蓉」があればいいのだが。

「東京人」連載中は、編集部の田中紀子さんにお世話になった（台湾行きにいつも同行してくれる）。また単行本に当っては前三作同様、平凡社の日下部行洋さん、版画家の岡本雄司さん、装丁家の折原若緒さんのお力を借りた。皆様、有難うございます。

二〇二二年八月

川本三郎

〈初出誌〉

「東京人」二〇一八年八月号～二〇二一年十二月号掲載
川本三郎「東京つれづれ日誌」

川本三郎
評論家。一九四四年東京生まれ。著書に、『大正幻影』（サントリー学芸賞受賞）、『荷風と東京』（読売文学賞受賞）、『林芙美子の昭和』（毎日出版文化賞、桑原武夫学芸賞受賞）、『小説を、映画を、鉄道が走る』（交通図書賞受賞）、『白秋望景』（伊藤整文学賞受賞）、『マイ・バック・ページ』、『いまも、君を想う』、『そして、人生はつづく』、『あの映画に、この鉄道』ほか多数。

ひとり遊びぞ 我はまされる

二〇二二年九月二一日　初版第一刷発行

著者　川本三郎
発行者　下中美都
発行所　株式会社平凡社
〒一〇一－〇〇五一
東京都千代田区神田神保町三－二九
電話　〇三（三二三〇）六五八五（編集）
〇三（三二三〇）六五七三（営業）

平凡社ホームページ https://www.heibonsha.co.jp/

装丁　折原若緒
印刷・製本　中央精版印刷株式会社

ISBN 978-4-582-83908-1
乱丁・落丁本のお取り替えは小社読者サービス係までお送りください（送料は小社で負担いたします）。